BESTSELLERWORLDBOOK 62

메아리

유리 나기빈 지음 / 류필하 옮김

소담출판사

류필하

고려대학교 노어노문학과를 졸업한 후 모스크바 뿌쉬낀 대학에서 문학 석사학위를 받았고, 현재 뻬쩨르부르그 국립대학에서 박사과정 수학중이다. 저서로는 『러시아 생활 가이드(안정범과 공저, 동아일보사)』가 있고, 역서로는 『다락이 있는 집(체홉 단편집, 소담)』, 『사랑의 문법(부닌 단편집, 소담)』, 『아쏠과 그레이(알렉산드르 그린, 소담)』, 『도난당한 꿈(마리니나, 중앙M&B)』, 『일곱 번째 희생자(마리니나, 문학세계사)』, 『코(고골)』 등이 있다.

sodampublishingcompany

BESTSELLER WORLDBOOK 62

메아리

펴낸날 | 1998년 1월 23일 초판 1쇄
    2001년 8월 30일 중판 2쇄
지은이 | 유리 나기빈
옮긴이 | 류필하
펴낸이 | 이태권
펴낸곳 | 소담출판사
    서울시 성북구 성북동 178-2 (우)136-020
    전화 | 745-8566~7 팩스 | 747-3238
    e-mail | sodam@dreamsodam.co.kr
    등록번호 | 제2-42호 (1979년 11월 14일)
기　획 | 이지현, 박지근
편　집 | 조희승, 김윤경, 김혜선
미　술 | 김학수, 박준철, 박미선
영업책임 | 홍순형
영　업 | 박종천, 이상혁, 안경찬
관　리 | 최종만, 구영구, 양효숙, 김미순

ISBN 89-7381-386-2　03890
● 책 가격은 뒤표지에 있습니다.

ЗХО

Юрий Маркович Нагибин

| 차 례 |

메아리

메아리

메아리

메아리

"내가 너한테 비밀 한 가지 알려 줄게. 나도 모으는 게 있어."
"뭔데?" "메아리……"
"벌써 많이 모아놨어. 유리처럼 맑게 울리는 것도 있고, 구리로 만든 관 같은 소릴
내는 것도 있고, 그리고 물방울처럼 퍼지는 것도. 또 그리고……"

첫번째 이야기

메아리

메아리

푸른 산마을, 정오를 넘긴 시각의 텅빈 해
변, 바다 속에서 나타난 계집아이……. 벌
써 삼십 년이 가까워져 오는 지난 날!
나는 거친 해변에서 작은 돌멩이들을 찾고
있었다. 어젯밤에는 폭풍이 불어 큰 파도
들이 쉬쉬거리는 소리를 내며 해변에 있는
휴양소의 흰 담벼락까지 기어왔었다. 지금
은 바다도 잠잠해져 자갈로 쌓은 제방으로
나뉘어진, 넓은 초콜릿빛 모래밭을 드러내
며 푸른 썰물과 함께 저 멀리로 물러나고
있었다. 축축하고 단단해 그 위에 발자국
도 남길 수 없을 것 같은 모래밭에는 설탕
같은 작은 조약돌들과 초록빛 도는 하늘색
돌들, 빨아먹다 남긴 알사탕같이 매끌매끌
한 둥글고 자그마한 유리조각, 그리고 죽
은 게껍질, 또 강한 요드 냄새를 풍기는 상

한 해초들로 빼곡이 채워져 있었다. 나는 저 큰 파도가 쓸 만한 돌멩이들을 실어다 줄 것임을 알고 있었고, 그래서 참을성 있게 한발 한발 모래밭에 생긴 작은 여울과 방금 생겨난 조약돌들의 무리를 찬찬히 살피고 있었다.

"야, 너 왜 내 팬티를 깔고 앉아 있는 거야?"

가느다란 목소리가 울려 퍼졌다.

나는 눈을 들었다. 내 앞에는 갈비뼈가 앙상히 드러난, 비쩍 마른, 가는 팔다리의 벌거벗은 계집아이가 서 있었다. 물에 흠뻑 젖은 긴 머리카락은 얼굴에 달라붙어 있었고, 햇빛에 거의 그을리지 않은 창백한 그 아이의 몸에서, 이제는 추위로 소름이 돋아 푸르스름해진 그 몸에서 물방울이 반짝이고 있었다.

계집아이는 몸을 숙여 내 밑에서 파란 줄무늬가 있는 노란 팬티를 잡아당겨 꺼내고는 툭툭 털더니 바위 위로 던져 버렸다. 그리고 금빛 모래 위로 털썩 드러눕고는 엎드려 일광욕을 하기 시작했다.

"옷이라도 좀 입지……"

나는 중얼거렸다.

"뭣땜에? 이렇게 하면 일광욕이 더 잘 되잖아."

계집아이가 대답했다.

"너는 부끄럽지도 않니?"

"엄마가 어린 아이들은 부끄럼 같은 거 몰라도 된댔어. 그래서 우리 엄마는 나한테 수영할 때 팬티 입고 하라고 시키지도 않아. 애들이 그것 때문에 감기 걸리는 거래. 하긴 우리 엄만 나한테 매달려 있을 시간도 없지만 말야……."

문득 검고 거칠거칠한 돌들 사이에서 무엇인가 부드럽게 빛을 내고 있는 것이 눈에 들어왔다. 아주 작고 깨끗한 눈물 방울이었다. 나는 품속에서 담뱃갑을 꺼내 우리가 눈물 방울이라고 부르는 이 작은 조약돌을 내 수집품들에 합류시켰다.

"애, 그것 좀 보여 줘봐! ……."

소녀는 젖은 머리카락을 귀 뒤로 넘겨 조그마한 까만 점이 많은 갸름한 얼굴과 고양이처럼 생긴 녹색 눈, 높은 코, 귀까지 찢어진 커다란 입을 드러내며 돌멩이들을 살펴보기 시작했다.

얇게 깔아 놓은 솜 위에는 작은 타원형 모양을 한 투명한 홍수옥이 놓여 있었다. 또 다른 홍수옥은 그것보다는 조금 더 컸지만 파도에 깎이지 않아 모양이 없고 빛을 받아도 반들거리지 않았다. 그리고 도자기 무늬가 있는, 셔츠에 다는 노란 단추 몇 개, 화석도 두 개 있었다. 하나는 불가사리 모양이었고, 또 다른 하나는 게의 모양이 찍혀 있었다. 그리고는 작은 돌반지, 내 수집품의 자랑거리인 연기 색깔 토파즈, 또 색유리로 만든 안개 한 조각도 있었다.

"오늘 하루 만에 다 모은 거야?"

"무슨 소리야? …… 내내 모은 건데 ……."

"그럼 별거 아니네."

"네가 한번 해봐라!"

"그럴 필요도 있겠다!"

소녀는 야윈 어깨를 으쓱해 보였다.

"하루종일 이 더위에 그런 쓸데없는 돌멩이를 주우려고 기어 다니라고!……."

"바보!"

내가 말했다.

"벌거벗은 바보!"

"너야말로 진짜 바보다! …… 너 우표 같은 것도 모으지?"

"그래 모은다!"

나는 도전적으로 대답했다.

"담뱃갑도 모으지?"

"모았었다, 어렸을 때. 그리고 나중에는 나비 수집도 했었는데……."

나는 나비는 소녀가 좋아할 거라고 생각했고, 그리고 왠지 소녀의 마음에 들고 싶어졌다.

"아휴, 징그러워!"

소녀는 두 개의 날카롭고 하얀 송곳니를 드러내 보이며 윗입술을 쑥 내밀었다.

"너 나비 머리를 꾹 눌러 죽이고 거기다 핀을 꽂았지?"

"아니야, 나는 나비들한테 에테르를 부었어."

"아무튼 끔찍한 짓이야…… 뭔갈 죽이는 건 정말 참을 수 없어."

"저기, 내가 또 뭘 모았는지 아니?"

잠깐 생각한 뒤 내가 말했다.

"여러 상표의 자전거!"

"정말?"

"진짜야! 나는 길이라는 길마다 전부 뛰어다니면서 자전거를 타고 있는 사람들 모두에게 물었어. '아저씨, 아저씨 자전거는 어느 회사 거예요?' 그러면 '둑스', 아니면 '라뜨벨라', 아니면 '오벨'이야. 그렇게 나는 상표를 다 모았는데 딱 하나 '엔드필드 로얄'만 없었어……"

나는 소녀가 또 비웃으며 내 말을 잘라 버릴까봐 두려워서 빠른 속도로 이야기를 했다. 그런데 그 소녀는 흥미있어 하며 진지하게 나를 바라보았고, 주먹으로 모래를 뿌리던 것도 그만 두었다.

"나는 매일 루뱐스까야 광장으로 달려갔어. 한번은 전차에 깔릴 뻔한 적도 있었다니까. 그러다가 결국 그 '엔드필드 로얄'을 찾았지! 그 상표가 어떻게 생겼는지 아니? 보라색 바탕에 크게 'R'자가 새겨져 있었는데……."

"야, 너 괜찮은데……."

소녀는 이렇게 말하고는 그 큰 입으로 웃기 시작했다.

"내가 너한테 비밀 한 가지 알려줄게. 나도 모으는 게 있어."

"뭔데?"

"메아리…… 벌써 많이 모아놨어. 유리처럼 맑게 울리는 것도 있고, 구리로 만든 관 같은 소릴 내는 것도 있어. 그리고 세 가지 목소리를 내는 것도 있고, 물방울처럼 퍼지는 것도, 또 그리고……."

"됐어, 거짓말은……."

나는 화를 내며 말을 끊었다.

고양이를 닮은 녹색 눈이 그대로 내게 와 박혔다.

"보여 줄까?"

"그래, 보여 줘봐……."

"너한테만 보여 주는 거야. 더 이상 누구도 안돼. 그런데 저 '큰 안장'까지 올라가야 되는데 집에서 보내 주니?"

"응, 괜찮아!"

"그럼 내일 아침에 가는 거야. 너 어디 사니?"

"해변에."

"우리는 따라까니하에 머물고 있어."

"아, 그러면 나 니네 엄마 본 것 같아! 키 크고 검은 머리 맞지?"

"그래. 그럼 나만 우리 엄마를 못보는 거구나!"

"왜?"

"엄마는 춤추는 걸 좋아하거든……."

소녀는 이제 다 말라버린 은빛 머리카락을 털어 댔다.

"그럼 마지막으로 수영이나 한번 더 할까!"

소녀는 온통 모래투성이가 된 채로 벌떡 일어나 좁은 장미빛 발뒤꿈치를 반짝이며 바다로 달려갔다.

아침은 맑고 바람 한점 없었지만 덥지는 않았다. 폭풍 후의 바다는 아직도 서늘함을 내뿜고 있어 태양이 대기를 달구지 못하게 하고 있었다. 자갈길과 하얀 벽들, 남부식으로 이어 붙인 벽돌 지붕으로부터 나온 연기가 구름보다 더 짙게 태양 주위를 헤엄쳐 다닐 때가 되면, 탁 트인 시원함은 긴 악천후 전처럼 잔뜩 찌푸려지지만 바다로부터 전해져오는 차가운 기운에 다시 힘을 얻곤 한다.

'큰 안장'으로 향하는 오솔길은 처음에 낮은 언덕들 사이로 구불구불 나 있었지만 잠시 후에는 울창한 개암나무 숲을 지나며 곧고 힘차게 위로 뻗어 있었다. 이 길을 깊지 않은, 돌들로 빼곡이 들어 찬 개울이 가로지르고 있었고, 비온 뒤 산에서 떨어지며 주위를 온통 구르는 듯한 소리로 울려 대는, 하지만 개암나무 이파리 위의 빗방울보다 더 빨리 말라버리는, 급류가 흐르는 개울들 중 하나가 만들어 놓은 작은 언덕도 있었다.

내가 내 여자 친구의 이름을 알아야겠다고 생각한 것은 우리가 이미 적지 않은 길을 단숨에 달려왔을 때였다.

"야!"

나는 개암나무 사이로 언뜻언뜻 보이는 나비 같은 파란 줄무늬 노란 팬티에게 소리쳤다.

"그런데 너 이름이 뭐니?"

소녀는 멈춰 섰고, 나는 소녀가 있는 곳까지 왔다. 나무들이 듬성듬성한 개암나무 숲은 작은 만과 우리가 머물고 있는 마을의 전경을 눈앞에 펼쳐 주었다. 보잘것없는 한 줌의 작은 집들을…… 거대하고 장중한 바다는 수평선까지 깨끗이 빗겨져 있었고 그 뒤로는 안개빛의 푸르스름한 띠가 하늘 속으로 파고

들며 여러 겹 겹쳐져 있었다. 만에서 바다는 덩치가 작아져 해변 가장자리에다 하얀 실을 쳐놓고는 장난치듯 그것을 삼켰다 다시 길게 늘어 놓았다 노닐고 있었다.

"참, 어떻게 얘길 해야 할지 모르겠네"

소녀는 생각에 잠겨 중얼거렸다.

"내 이름은 바보 같은 이름인데…… 빅토리나야, 하지만 모두들 비찌까라고 불러."

"그럼 비까라고 불러도 되겠네?"

"으악, 징그러!"

소녀는 낯익은 동작으로 그 날카로운 송곳니를 드러냈다.

"왜? 비까는 귀여운 야생 스위트피잖아."

"스위트피도 어차피 쥐잖아. 정말 쥐는 참아 줄 수가 없어!"

"알았어, 비찌까. 내 이름은 쎄료쟈야. 그런데 우리, 아직도 멀었어?"

"벌써 기운이 다 빠졌니? 저기 저 작은 숲만 지나가면 '큰 안장'이 보여……"

하지만 우리는 그러고도 한참 동안 괴롭도록 들큰한 냄새를 풍기는 답답한 개암나무들 사이를 뺑뺑 돌아나와야 했다. 마침내 오솔길은 설탕가루처럼 하얗게 빛나는 가는 모래로 덮힌 돌길로 이어졌고, 이 길은 넓고 가파르지 않은 내리막으로 우리를 이끌었다. 그곳, 살구나무 숲속에는 석회암으로 만든 산지기의 산막이 자리잡고 있었다.

우리가 그 편안해 보이는 작은 집 가까이로 다가서자마자 사나운 개 짖는 소리가 정적을 깼다. 기다란 철조망에 묶인 사슬을 철컥대면서 두 마리의 어마어마하게 큰 털북숭이 개가 우리 앞에 나타났다. 그 더러운 하얀 개들은 공중으로 펄쩍펄쩍 뛰어올랐지만 목을 조를 듯이 꽉 조인 개목걸이 때문에 장미빛 혀를 길게 빼물고는 목쉰 소리를 내며 땅바닥으로 쿵 떨어져 버리고 말았다.

"무서워할 것 없어, 저 개들은 여기까지 오지도 못해"

비찌까가 침착하게 말했다.

개들은 바로 우리들의 반 걸음 앞에서 이빨을 드러내고 으르렁거리고 있었고, 나는 개들의 목덜미에서 콩에서나 볼 수 있는 진디를 보았으나 개들의 눈은 털 속에 묻혀 있었다. 산막에서 개들을 잡기 위해 아무도 뛰어나오지 않는 것이 참 이상했지만 개들이 아무리 날뛰어도, 또 아무리 철조망을 끌어당겨대도 우리를 잡을 수는 없었다. 그때 나는 다음과 같은 사실을 확인하며 가슴 쓰린 기쁨을 맛보았다. 비밀스러운 목소리들이 살고 있는 절벽들과 동굴들로 우리를 이끈 이 원정에서 비밀을 얻게 되는 용감한 자를 더욱 돋보이게 할 무서운 병사나 용들의 출현이 빠져 있었던 것이다. '그래 바로 이것들이 그 용이야. 이 어마어마하게 크고, 눈도 없고, 시뻘건 입을 가진!'

그리고 우리는 다시 점점 좁아지는 오솔길을 따라 개암나무 숲으로 구불구불 들어갔다. 그런데 여기 이곳의 숲은 아래의 숲처럼 그렇게 울창하지 않았다. 많은 가지들이 말라 있었고, 그나마 남아 있는 가지들도 잎들이 반들거리는 작고 검은 딱정벌레들에 의해 다 망쳐져 있었다.

나는 지쳤고 비찌까에게 화가 났다. 비찌까는 무릎이 안쪽으로 약간 비뚤어진 지팡이처럼 곧고 가는 다리로 가볍게 걸음을 옮기고 있었다. 그때 갑자기 앞이 환해지면서 나는 키작은 풀들이 제멋대로 자라 있는 비탈을 보았다. 그리고 저쪽 먼 곳에서는 회색빛 절벽이 하늘로 높이 뻗어 있었다.

"악마의 손가락이야!"

비찌까는 걸으면서 툭 던지듯 말했다.

우리가 다가서면 설수록 그 회색빛 절벽 기둥은 점점 더 높이 솟아 올라 우리가 가까이 갈수록 끝없이 점점 더 자라고 있는 것처럼 보였다. 우리가 그 절벽의 어둡고 서늘한 그늘 속으로 들어섰을 때 그것은 정말 괴물처럼 어마어마해 보였다. 그것은 이제 악마의 손가락이 아니라 음침하고, 수수께끼 같고 근접할 수 없는 악마의 성탑이 되어버리고 만 것이다. 이때 마치 내 생각에 대답이라도 하듯 비찌까가 말했다.

"있잖아, 얼마나 많은 사람들이 저 꼭대기까지 올라가고 싶어했는지 아니? 그런데 아무도 성공한 사람이 없었대. 어떤 사람들은 떨어져 죽고, 또 어떤 사람들은 팔 다리가 부러져 버렸대. 그런데 어떤 프랑스 사람 한 명이 저길 어떻게 올라갔대."

"저길 도대체 어떻게 올라갔는데?"

"그냥 그렇게 올라갔대…… 그런데 있잖아, 뒤돌아 내려올 수가 없었대. 그래서 그곳에서 미쳐버려서 그 다음엔 굶어 죽고 말았대…… 하지만 어쨌든 정말 대단해!"

비찌까는 생각에 잠긴 듯 이렇게 덧붙였다.

우리는 악마의 손가락에 다가가 그 앞에 바짝 붙어 있나. 그리고 비찌까가 목소리를 낮추고 말했다.

"바로 여기야"

비찌까는 몇 걸음 뒤로 물러나더니 가만히 소리쳤다.

"쎄료쟈!……"

"쎄료쟈! ……"

바로 내 귀에다 대고 마치 악마의 손가락이 땅 속에서 태어난 듯한, 비웃음 섞인 간사한 목소리가 대답했다.

나는 온몸에 소름이 돋아난 것도 모른 채 절벽에서 몇 걸음 뒤로 물러났다. 그러자 그런 내게 대답이라도 하듯 이번에는 바다 쪽에서 청명하게 울려왔다.

"쎄료쟈!……"

나는 어딘가 높은 곳으로부터 괴롭게 신음하듯 들리는 소리에 몸이 얼어붙고 말았다.

"쎄료쟈!……"

"이런, 제기랄!……"

나는 가는 목소리로 중얼거렸다.

"이런 제기랄!……"

그러자 바로 내 귀 뒤에서 속삭여 왔다.

"제기랄!……"

바다 쪽으로부터도 소리가 전해져 왔다.

"제기랄!……"

산꼭대기로부터 메아리쳐 왔다.

이 모든 눈에 보이지 않는 조소꾼들에게서는 뭔가 고집스럽고 기분 나쁜 느낌이 전해져 왔다. 그 속삭이기 좋아하는 녀석은 악의에 찬 듯 간사하게 조용한 목소리로 속삭여댔고, 바다

에서 들려오는 목소리는 냉정하면서도 쾌활한 사람의 목소리였으며, 산꼭대기로부터 들려오는 소리는 냉혹하면서도 겉과 속이 다른 불평꾼의 소리 같았다.

"얘, 너 왜 그래?…… 소리 질러봐…… 뭐든……"

비찌까가 말했다. 비찌까가 말하는 동안에도 내 귀에는 비찌까의 말을 자르는 속삭임이 기어들어 왔다. '얘, 너 왜 그래?' 청명하게, 그리고는 비웃음을 섞어 '소리 질러봐' 그리고는 눈물 어린 목소리로 '뭐든'.

나는 간신히 힘을 모아 소리쳤다.

"푸른 산마을!……"

그리고는 세 가지 목소리의 메아리를 들었다.

나는 소리치고, 말하고, 또 여러 가지 많은 말들을 속삭였다. 메아리는 정말 예민한 청각을 소유하고 있었다. 몇 가지 말들을 나조차도 겨우 알아들을 수 있을 만큼 작은 소리로 말했지만 메아리는 조금도 변함없이 그 반향을 찾아냈다. 나는 이제 더 이상 두려움을 느끼지는 않았다. 하지만 매번 보이지 않는 누군가가 내 귀에다 대고 속삭일 때면 등골은 싸늘해졌고, 흐느끼는 듯한 목소리로 대답해 올 때면 가슴이 조여들었다.

"안녕!"

비찌까는 말하고 악마의 손가락으로부터 멀어져갔다.

나는 비찌까의 뒤를 급히 쫓아갔지만 독기를 품은 듯한 교활한 이별의 속삭임은 나를 붙들었고, 바다의 저 먼 곳에서는 껄껄거리며 이별을 고했고, 산꼭대기의 목소리는 신음하듯 말했다.

"안녕!……".

우리는 바다 쪽으로 걸었고, 곧 절벽 위로 불쑥 솟아오른 돌로 뒤덮힌 비탈 위에 도착했다. 오른쪽과 왼쪽으로는 산 능선이 솟아 있었고, 우리 밑으로는 시선이 깊숙이 빠져 들어가는 늪이 입을 크게 벌리고 있었다. 만약 악마의 손가락이 갑자기 땅 속으로 사라져 버린다면 아마도 저렇게 거대하고 무시무시한 구멍이 남을 것이다. 늪의 깊은 곳으로부터 거인의 송곳니를 닮은 날카로운 점토로 덮힌 절벽들이 솟아 있었다. 이름모를 새 한 마리가 죽은 듯이 움직이지 않고 있다가 천천히 날개를 펴고 심연으로 둥글게 원을 그리며 떨어져 내렸다.

이곳에서는 무엇인가가 아직도 끝나지 않은 듯했다. 땅 속 동굴에서 거인의 돌로 만든 손가락을 끄집어 내고, 산정의 튼튼한 받침에다 거대한 우물을 파 놓고, 그 바닥을 파헤쳐서 날카로운 절벽을 만들어 놓고, 그리고는 바다로 하여금 그 부드러운 혀로 그것들을 간지럽히게 만들어 놓은 그 위협적인 힘이 아직 균형을 잡지 못한 것 같았다. 온통 돌들로 이루어진 그 주위의 육중함이 끝을 향해 치다으려는 숨겨진 내부의 긴장으로 인해 견고하지 못하고 흔들거려 보였다. 물론 그 당시의 나는 '큰 안장'의 절벽에서 나를 사로잡았던 그 괴롭도록 불안한 느낌을 어떻게도 이름붙일 수 없었다……

비찌까는 절벽의 제일 가장자리에 배를 대고 누워 나를 불렀다. 나는 비찌까 근처에 단단하고 따뜻하며 평평한 바위에 몸을 쭉 뻗었고, 나를 말려버리고 마비시켰던 심연의 유혹은 사라지고 이제는 아래를 아주 편하게 내려다 볼 수 있게 되었다. 비찌까는 절벽 아래로 몸을 숙이고 소리쳤다.

"야호!……"

한순간의 정적, 그리고는 굵은 데굴데굴 구르는 듯한 소리가 관을 타고 울리듯 들려왔다.

"야호 오우!……"

이 소리는 그 소리의 힘과 우렁참에도 불구하고 조금도 두렵지 않았다. 아마도 이 절벽 밑에는 우리에게 아무런 해도 끼치지 않을 착한 거인이 살고 있을 것만 같았다.

비찌까가 물어 보았다.

"최초의 여자가 누구였니?"

그러자 거인은 잠시 생각한 후 웃음을 섞어 대답했다.

"이브!……"

"그런데 있잖아"

비찌까가 아래를 바라보며 말했다.

"아무도 큰 안장에서 바다로 내려가는 데 성공한 사람이 없대. 어떤 아저씨가 중간까지 내려갔었는데, 그곳에서 그만뒀대……"

"또 굶어 죽은 거야?"

나는 장난하듯 되물었다.

"아니, 밧줄을 내려줘서 끌어올렸대…… 그러니까 아마 내려갈 수는 있었나봐."

"한번 해볼래?"

"그래, 해보자!"

생기있게 그리고 너무도 간단히 비찌까는 대답했고, 난 그게 장난이 아니라는 걸 깨달았다.

"다음에 하자."

나는 자신없이 말했다.

"그러면 이제 그만 가자…… 안녕!"

비찌까는 절벽에다 대고 소리치고는 벌떡 일어났다.

"안녕!……"

거인이 껄껄 웃으며 대답했다.

나는 그 거인과 좀더 이야기를 나누고 싶었지만 비찌까는 나를 더 먼 곳으로 끌었다.

이번 메아리는 비찌까의 말에 의하면 '유리처럼 맑은' 것으로 마치 칼로 도려낸 듯한 좁은 계곡에 둥지를 틀고 있다고 했다. 이 메아리는 가늘고 맑은 목소리를 가지고 있어 심지어 베이스 음으로 이야기한다고 해도 이 메아리는 찢어질 듯한 고음으로 대답했다. 그리고 더 기분 나쁜 것은 찢어질 듯한 소리로 대답하고 나서도 메아리는 잦아들지 않고 계속해서 오랫동안 자신의 쉬쉬거리는 소리로 지저겨 댄다는 것이었다.

우리는 그 계곡에서 오래 머물지 않고 계속해서 나아갔다. 이제 우리는 커다란 절벽을 따라 위로 기어 올라야만 했고, 때로는 질긴 야생 잡초와 가시나무로 뒤덮인 곳이 나타나기도 했고 때로는 아무것도 없이 미끄러운 곳이 나타나기도 했다. 마침내 우리는 커다란 바위 덩어리들이 불쑥불쑥 솟아 있는 절벽에 도착했다. 각각의 바위들이 무엇인가를 생각나게 했다. 기선, 탱크, 황소, 루슬란이 베어 버린 머리, 갑옷 입은 병사, 소총, 울부짖는 사자의 입, 그리고 부분부분 질러진 기인의 몸, 높은 코, 귀뼈, 턱수염 기른 턱, 너무나 강해서 절대로 펼 수 없는 주먹, 맨발인 발바닥, 그리고 곱슬머리가 내려진 이마⋯⋯. 이 모든 돌이 되어버린 존재들, 존재의 부분들, 그리고 돌옷을 입은 물건들은 순간적인 빠르기와 소리를 닮은 날카로운 민첩함으로 일순간에 칼로 다듬어져 뿌려진 것 같았다. 그곳에서는 '완두콩' 같은 메아리가 살고 있었다⋯⋯.

그런데 가장 놀라웠던 메아리는 비찌까가 내게 아무런 이야기도 하지 않았던 것이었다. 우리는 그것을 향해 걸어간 것이 아니라 마른 풀들 사이를 절벽을 따라 빙빙 돌며 기어 올라갔다. 우리의 팔 다리 밑으로 작은 돌멩이 조각들이 떨어져 내렸고, 조금 더 큰 돌멩이들이 그 뒤를 따랐으며 우리들 뒤에서는 쉴새없이 굉음이 울려 퍼졌다. 내가 고개를 돌려 내려다 보았을 때는 절벽 위에서 그렇게 우리의 머리를 어지럽게 했던 그 높이가 별것 아니었음에 놀라지 않을 수 없었다. 바다는 이제 더 이상 평평해 보이지 않았다. 그 끝없는 바다는 하늘과 하나로 섞여서 하나의 공간을 형성하고 눈에 보이는 모든 공간을 하나로 덮는 둥근 지붕이 되었다. 그리고 악마의 손가락은 우리의 높이를 강조하는 듯 다시금 더 작아 보였다.

비찌까는 산의 깊은 곳으로 이어지는 둥그스름한 어두운 낭떠러지 근처에서 멈추어 섰다. 나는 그곳을 들여다 보았고, 내 눈이 어느 정도 어둠에 익숙해졌을 때 기다란 종주석을 매단 천정이 둥근 동굴을 발견했다. 벽은 녹색, 붉은색, 푸른색의 희미한 빛을 발하고 있었고, 동굴에서는 분묘의 곰팡이 냄새가 풍겨나와 나는 나도 모르게 뒤로 물러섰다.

"안녕!"

비찌까는 구멍 속으로 머리를 들이밀고 소리쳤다. 그러자 마치 소리가 사라져 버리는 것 같더니 텅빈 통을 두드리듯 천정 아래서 간신히 '봄!' 하는 소리가 울려 퍼졌다. 이것은 산이 영혼을 밖으로 내보내는 것처럼 구석구석 낮게 덜그럭거리는 소리를 내다 마침내 그것을 밖으로 내뿜는 것 같았다.

나는 존경심에 가까운 경탄으로 비찌까를 바라보았다. 까만 점 투성이의 헝클어진 회색 머리칼, 입술 속에 감추어진 날카로운 송곳니, 반짝이는 녹색 눈의 깡마른 비찌까는 지금 그녀가 나를 데려 온 보석 같은 나라처럼 그렇게 신비로워 보였다.

"자, 소리 질러봐!"

비찌까가 명령했다. 나는 몸을 숙이고 산의 작고 검은 입 속에 대고 소리를 질렀다. 그러자 다시 그곳은 소리를 삼켰다가

다시 만들어 내 얼굴에 싸늘한 한기를 내뿜었다. 그러자 갑자기 무시무시한 고독감이 나를 덮쳐 왔다. 신비로운 야생의 목소리들이 살고 있는 이 돌로 만들어진 위험한 세계 한복판에서 느껴지는 고독, 무력감.

"가자"

나는 나의 당혹감을 드러내며 비찌까에게 말했다.

"여기서 나가자!……"

계속해서 이어진 우리의 길을 나는 아래로의 끝없는 하강이라고 기억한다. 이 길에서 다시금 우리 옆으로 돌로 만들어진 묘지가 지나갔었고, 그리고 악마의 손가락, 병들고 파헤쳐진 개암나무 숲, 사슬에 묶여 목쉰 소리를 내며 날뛰는 산지기의 개들, 그리고 또 다른 힘에 넘치는 개암나무 숲. 우리의 하강은 산 쪽에서 마을 쪽으로 모퉁이를 도는 말라버린 협곡에서 끝이 났다.

"어때, 재미있었어?"

우리가 거리에 도착했을 때 비찌까가 물었다.

나는 다시금 평범한 일상 속에서의 나를 느꼈다. 그리고 비찌까도 이제 더 이상 산의 영혼들을 다스리는 신비로운 산주인으로 느껴지지 않았다. 그저 날카로운 이빨의 뼈가 앙상한 못생긴 계집아이일 뿐이었다. 그리고 이 계집아이 앞에서 나는 벌벌 떨고 있었다!

"재미있었어……"

나는 게으르게 대답했다.

"그런데 그게 뭐 수집품이냐?"

"그럼 너한텐 품속에 있는 상자 속에 든 것만 수집품이니?"

"아니, 그러니까 그게…… 메아리는 모든 사람한테 대답을 하잖아. 너 한 사람에게만 그러는 게 아니라……"

비찌까는 이상하게 오랫동안 나를 가만히 바라보았다.

"그게 뭐 어때서? 난 하나도 속상하지 않아!"

비찌까는 머리카락을 털며 이야기하고는 자신의 집으로 가버렸다.

나는 비찌까와 친해졌다. 우리는 함께 '쩽룍-까야'와 결혼의 산을 올라다녔고, 그 결혼 산에서는 개구리처럼 꽉꽉대는 메아리를 찾아냈다. 그런데 그 '쩽룍-까야'는 자맥과 커다란 절벽이 많고 하늘로 날카롭게 솟은 정상을 가졌음에도 전혀 아무런 소득을 주지 못했다.

우리는 거의 늘 붙어다녔다. 나는 비찌까가 벌거벗은 채 수영하는 것에 익숙해졌고, 비찌까는 내게 착하고 작은 친구였을 뿐, 나는 그애에게서 전혀 여자아이를 느끼지 못했다. 그리고 나는 어렴풋이 비찌까의 그 부끄럼타지 않는 성격의 근원을 알 수 있을 것 같았다. 비찌까는 스스로가 정말 대책없이 못 생겼다고 생각하고 있었던 것이다. 나는 여지껏 그렇게 개방적이고 순진하며, 자신의 아름답지 못함을 분명한 미덕으로 인정하고 있는 사람을 만나지 못했다. 언젠가 한번은 비찌까가 어떤 학교 여자 친구 이야기를 하면서 내게 이렇게 말한 적이 있었다. '걔는 정말 완전히 끔찍하게도 못생긴 애였는데, 그러니까 나처럼 말이야……'

한번은 우리가 어부들의 나루터에서 그리 멀리 떨어지지 않은 곳에서 수영을 하고 있을 때였다. 그때 해변 저 위쪽에서 한 무리의 사내아이들이 뛰어내려왔다. 나는 그 애들을 조금 알고 있었지만 그 애들과 가까워지려는 내 어설픈 시도는 아무런 실효를 거두지 못했었다. 그 녀석들은 이 푸른 산 마을로 휴양을 온 것이 벌써 한두 번이 아니었고, 따라서 자신들을 터줏대감들 쯤으로 여겼던 터라 새로 나타난 녀석들은 자신들의 패거리에 끼워주지 않았다. 그 패거리의 대장은 키가 크고 힘센 소년 이고리였다.

나는 이미 바다에서 나온 상태여서 해변에 서서 수건으로 몸을 닦고 있었고, 비찌까는 물 속에서 계속 물장구를 치며 놀고 있었다. 비찌까는 물 속으로 깊이 들어갔다가는 높이 뛰어올라 파도 머리를 올라타고는 다시 물을 가르며 바다 속으로 들어갔다. 그녀의 작은 엉덩이가 햇빛을 받아 반짝거렸다.

녀석들은 내 인사에 시큰둥하게 대답하고는 우리 곁을 그냥 지나치려고 했다. 바로 그때 그들 중 빨간 수영 팬티를 입은 한 녀석이 비찌까를 보았다.

"애들아, 저기 좀 봐. 벌거벗은 계집아이가 있어!"

여기서 갑자기 장난이 시작되었다. 고함소리, 휘파람, 야유……. 비찌까는 사내아이들의 무례한 행동에 아무런 주의도 기울이지 않았고, 이러한 비찌까의 반응은 불에다 기름을 쏟아부은 격이 되고 말았다. 빨간 수영 팬티를 입은 소년이 저 계집아이를 호되게 골려 줄 것을 제안한 것이다. 그 제안은 열광적인 반응을 얻었고, 그 빨간 수영 팬티의 소년은 뒤뚱거리며 물쪽으로 달려갔다. 하지만 이때 비찌까는 재빠른 동작으로 몸을

숙여 물 속에서 손으로 더듬더듬 뭔가를 찾아냈고, 그녀가 물 밖으로 몸을 내밀었을 때는 손에 묵직한 돌멩이가 들려 있었다.

"들어오기만 해봐!"

비찌까는 자신의 날카로운 송곳니를 드러내며 말했다.

"대가리를 박살내 줄 테니!"

빨간 수영 팬티를 입은 소년은 멈춰서서는 발 끝을 살짝 물 속에 넣어 보았다

"차가운데…… 별로 물에 들어가고 싶지 않아……"

이렇게 말하는 소년의 귀는 수영 팬티보다 더 붉어졌다. 이 고리가 다가와서는 해변의 가장 끄트머리에 자리를 잡고 앉았다. 빨간 수영 팬티의 소년도 아무 말 없이 대장의 속뜻을 이해한 듯 그 옆에 앉았다. 다른 녀석들도 똑같이 자리들을 잡고 앉았다. 그 녀석들은 비찌까를 해변으로부터, 옷과 수건으로부터 완전히 분리시켜 버린 것이다.

비찌까는 오랫동안 녀석들의 인내력을 시험했다. 그녀는 바다 저 멀리로 헤엄쳐 나갔다가 다시 뒤로 돌아오기도 했고, 잠수를 했다가 물 속에서 물장난을 치기도 했다. 그러다가는 손으로 파도를 자기 몸에 끼얹으며 물 속 바위 위에 앉아 있기도 했다. 하지만 마침내 추위가 승리하고 말았다.

"쎄료쟈!"

비찌까가 소리쳤다.

"내 팬디 좀 이리 던져 줘!"

그 시간 동안 나는 내내 내 스스로도 내가 뭘 하고 있는지 알지 못한 채 수건으로 몸을 닦고 있었다. 너무 문질러 상처난

피부는 달아 올라 마치 화상을 입은 것 같았지만, 나는 구멍이 날 때까지 닦아내기라도 하려는 듯이 계속해서 닦고 또 닦았다. 나를 사로잡은 모욕적인 당혹감 속에서 고동치고 있었던 한 가지 분명한 바람은 비찌까를 놀리는 이 장난에 제발 내가 말려들지 않게 해달라는 것 뿐이었다.

"쎄료쟈, 니 숙녀분께 팬티를 한번 줘 보시지!"

빨간 수영 팬티를 입은 사내아이가 장난기 어린 목소리로 빽빽거렸다.

고개를 돌리고 이고리는 위협적으로 내게 말했다.

"한번 해보시지!……"

그건 쓸데없는 경고였다. 나는 그렇게 그 자리에서 조금도 움직이려 하지 않았으니 말이다. 비찌까는 내게서 아무런 도움도 기대할 수 없음을 깨달았다. 가엾게 온몸을 웅크리고 비쩍 마른 배를 두 손으로 가리고 추위에 온통 소름이 돋아 파래진 비찌까는 찌푸린 얼굴로 물 속에서 나왔고, 사내녀석들의 낄낄거림과 휘파람 속에 자신의 팬티가 있는 곳까지 게걸음으로 뛰어갔다. 비찌까가 순수한 마음으로 아무런 의미도 두지 않았던 것이 그녀 앞에 끔찍하고 모욕스럽고 수치스러운 것으로 나타난 것이다.

비찌까는 한 발로 폴짝폴짝 뛰면서도 다른 쪽 다리를 내리지 않은 채 어떻게 겨우겨우 옷을 입고는 수건을 집어들고 저 멀리로 달아났다. 그러다 갑자기 비찌까는 몸을 돌려 내게 소리쳤다.

"겁쟁이!…… 겁쟁이!…… 불쌍한 겁쟁이야!……"

모든 말들 중에서 비찌까는 가장 험악하고, 가장 모욕적이고, 가장 부당한 말을 선택했던 것이다. 하지만 비찌까는 내가 두려워했던 것이 이고리의 주먹이 아니었음을 이해해야만 했다. 아무튼 비찌까는 녀석들이 보는 앞에서 나를 결정적으로 모욕하고 싶었던 모양이었다.

패거리들이 원하는 대로 따르고 싶지 않은 지도자의 변덕 때문이었는지 아니면 비찌까의 무엇인가가 이고리의 흥미를 끌었는지 갑자기 이고리가 내게 친근하고 신뢰하는 어조로 이렇게 물어 왔다.

"야, 저 애 미친 거 아냐?"

"그럼, 물론이지. 미쳤어."

나는 그 친근함을 온몸으로 받아들이며 대답했다.

"그런데 왜 너 저 애랑 같이 다녀?"

나는 비찌까가 이상한 아이가 아니라는 것을 증명하기 위해서가 아니라 나 자신을 근사해 보이게 하기 위해 말했다.

"걔랑 같이 있으면 재미있어. 걔는 메아리를 모으거든."

"뭐라구?"

이고리가 놀란 듯 말했다.

저급한 충동 때문에 나는 그렇게 비찌까의 모든 비밀을 털어 놓고 말았다.

"이야, 그거 멋진데!"

이고리가 감탄해하며 말했다.

"여름을 이곳에서 보낸 지가 삼 년쨌데 그런 비슷한 말도 들어 본 적이 없어!"

"너 허풍 떠는 거 아냐?"

빨간 수영 팬티의 사내아이가 물었다.

"보여 줘?"

"됐어!"

다시 두목으로 돌아온 이고리가 근엄하게 말했다.

"내일 넌 우리를 거기로 데려가는 거야!"

아침부터 가랑비가 부슬부슬 내려서 산은 마치 먹구름처럼 은회색 빛을 띠며 바다를 향해 길게 늘어져 있었고, 산풀처럼 암갈색으로 변한 바다에서는 물이 불어난 시내와 개울물의 돌돌 구르는 소리와 파도의 우울한 소음이 한데 뒤섞이고 있었다.

하지만 이고리 패거리는 물러서지 않기로 결정했다. 그래서 이제 다시금 내 발밑으로 이제는 낯설지 않은 오솔길이 펼쳐졌다. 단지 이번에는 그 길들 사이로 자갈들을 굴리며 탁하고 누런 개울이 흐르고 있을 뿐이었다. 개암나무 숲은 이제 더 이상 가벼운 산 기운을 실은 달콤한 꿀냄새를 풍기지는 않았다. 식초처럼 시큼한 냄새를 풍기며 무엇인가가 썩어가고 있는 비로 씻겨진 땅내음과 떨어진 나뭇잎들이 썩어가는 냄새가 풍길 뿐이었다. 걷기도 힘겨웠다. 다리는 젖은 땅 위에서 마음대로 움직여 주지 않았고, 돌 위에서 자꾸만 미끄러졌다.

산지기의 집 근처에서는 산지기 개들이 맹렬하게 짖는 소리가 우리를 맞았지만 습기 찬 대기 속에서 그 소리는 더 약하고 흐릿하게 들려 그 개들조차도 비에 젖고 헝클어진 털을 매단 꼴이 예전처럼 그리 위협적으로 보이지 않았다. 이제는 드러나 보이는 개들의 검은 눈도 올리브 같아 보일 뿐이었다. 그리고 딱정벌레들에 의해 망쳐진 그 병든 개암나무 숲. 비바람이 약하고 갉아먹힌 나뭇잎을 때려 숲은 알몸이 된 채 슬프게 서 있었고, 그 숲을 통해 우울한 바다가 드러나 보였다.

악마의 손가락은 구름에 가려서 오랫동안 모습을 드러내지 않았다. 그러다가 저 높은 곳으로부터 그 정상이 검게 모습을 드러냈다가는 다시 사라져 버렸고, 그러다 다시 한순간 전체의 모습을 다시 드러냈다가 또다시 한순간에 소용돌이 치며 올라가는 대기 속으로 녹아 들어갔다. 이상하게도 바람은 바다 쪽으로 몰아치고 있었는데, 연기처럼 가벼운 구름들이 바다에서 올라오고 있었다. 그 구름들은 바로 땅 위까지 기어와서는 우리를 축축한 안개로 감쌌다가 갑자기 절벽 위로 사라져 버렸다.

드디어 구름 속에서 다시 악마의 손가락이 튀어나와 우리의 길을 막고 섰다.

"자, 이제 한번 재주를 부려 보시지."

이고리가 웃음기 가신 얼굴로 말했다.

"잘 들어봐!"

나는 언젠가 그랬듯이 다시금 등골이 오싹해옴을 느끼며 엄숙하게 말하고는 입에다 두 손을 모으고 소리쳤다.

"야호!……"

대답은 정적이었다. 악의에 찬 간사한 속삭임도, 바다에서 튕겨져 올라오는 유쾌한 목소리도 정상에서 내려오는 불평 어린 소리도 없었다.

"야 - 호 - 오!"

나는 악마의 손가락 쪽으로 더 가까이 다가서서 다시 한번 소리쳤다. 다른 모든 아이들도 제각각 내 고함소리를 따라했다.

악마의 손가락은 침묵을 지켰다. 우리는 다시 또 다시 소리를 질러 댔지만 하다못해 조그만 반향이라도 있었더라면! 나는 절벽으로 향했고 아이들은 나를 따랐다. 그리고 소용돌이 치는 깊은 곳을 향해 할 수 있는 한 소리를 질러 댔다. 하지만 거인 역시 대답하지 않았다.

당황한 나는 절벽에서 악마의 손가락으로, 악마의 손가락에서 협곡으로, 그리고 또다시 절벽으로, 그리고는 다시 악마의 손가락으로 이리저리 뛰어다녔다. 하지만 산은 말을 하지 않았다……

나는 저 높이, 동굴로 올라가면 거기서는 아마 메아리를 들을 수 있을 것이라고 아이들을 설득하기조차 부끄러워졌다. 아이들은 마치 산처럼 말없이, 냉혹하게 내 앞에 서 있었다. 그리고 마침내 이고리가 이 말 한마디를 하기 위해 입술을 열었다.

"얼간이!"

큰 동작으로 몸을 돌린 이고리는 모든 패거리를 이끌고는 저 멀리로 사라져 버렸다.

나는 도대체 무슨 일이 일어난 것인지 알아내려 집요하게 애쓰면서 뒤에 쳐져 간신히 걸음을 옮겨 놓았다. 이제 내게는 녀석들이 줄 모욕은 관심 밖의 일이었다. 나는 단지 내 실패의 비밀을 알고 싶을 따름이었다. 정말 산은 비찌까의 목소리에만 응답하는 것일까? 하지만 비찌까와 함께였을 때 산은 내게도 고분고분히 응답을 주었었다. 혹시 비찌까가 징말로 목소리들을 돌로 된 동굴 속에다 가두어둘 수 있는 열쇠를 가지고 있는

것일까?

슬픈 나날들이 찾아왔다. 나는 비찌까를 잃었고 심지어 엄마 까지도 나를 나무라셨다. 내가 엄마에게 메아리에 얽힌 이 수수께끼 같은 이야기를 들려 주었을 때 엄마는 나를 길고 낯선, 뭔갈 살피는 듯한 시선으로 한참을 들여다 보시더니 쓸쓸하게 말씀하셨다.

"모든 건 정말 간단해. 산은 깨끗하고 정직한 사람에게만 메아리를 주는 거야……"

엄마의 말은 내게 많은 걸 깨닫게 해 주었지만 메아리의 비밀을 풀어주진 못했다.

비는 그치지 않고 계속되었다. 바다는 강과 냇물에 실려온 모래로 흐리고 누렇게 변한 부두 쪽과 깨끗하게 빛나는 저 먼 곳으로, 그렇게 두 쪽으로 나뉘어진 것 같았다. 쉴새없이 바람이 불었다. 낮에는 바람이 비에 젖은 시트를 흔들어 댔고, 밤에는 언제나 초롱초롱한 작고 하얀 별들을 흔들어 댔다. 바람은 건조하고 검은 빛이었다. 언제나 어두운 곳에서, 흔들리는 잔가지나 큰 가지, 나무 줄기, 밝은 땅 위를 도망다니는 구석진 그늘에서만 그 모습을 드러냈으니 말이다.

나는 몇 번 비찌까를 언뜻 보았다. 비찌까는 어떤 날씨에도 바다에 나왔고 햇빛이 드문 이런 나쁜 날씨 속에서도 초콜릿 빛으로 살갗을 그을릴 수 있는 방법을 알고 있었다. 우울함과 외로움 때문에 나는 매일 야채와 살구, 염소 우유, 요구르트를 파는 마을 장터에 엄마와 함께 나갔다. 그리고 꼭 한 번 나는 장터에서 비찌까를 만났다. 그녀는 혼자였고 손에는 실로 짠 손가방이 들려 있었다. 나는 비찌까가 파란 줄무늬 노란 팬티를 입은 채 궤짝들과 함석통 사이를 지나가는 것과 자신있게 토마토를 고르는 것, 그리고 제 손으로 고기 덩어리를 저울 위에다 올려 놓는 것을 보았다. 그리고 나는 좋은 친구를 잃었음을 가슴 아프게 느꼈다.

햇빛이 비치기 시작한 첫날 아침, 내가 땅에 떨어져 약간 상한 살구들을 골라내며 정원을 어슬렁거리고 있을 때 누군가가 소리쳐 나를 불렀다. 쪽문 옆에는 세일러 칼라가 달린 하얀 윗도리에 파란 치마를 입은 소녀가 서 있었다. 비찌까였다. 하지만 난 그녀를 이내 알아보지 못했다. 그녀의 잿빛 머리는 매끈하게 빗질되어 뒤쪽에 리본이 묶여져 있었고, 예쁘게 그을은 목에는 산호초 목걸이가 걸려 있었으며 또 사슴가죽으로 만든 구두까지 신고 있었다. 나는 비찌까에게로 달려갔다.

"저기, 우리 오늘 떠나."

비찌까가 말했다.

"왜?……"

"엄마가 이곳이 지겨워졌대…… 저기, 실은 내가 모은 걸 너한테 다 주고 싶어서. 사실 나한테는 아무 필요도 없잖아. 하지만 네가 그걸 애들한테 보여 주면 걔네들이랑 화해도 할 수 있고……"

"아무한테도 안 보여 줄 거야!"

나는 열을 내며 크게 소리를 질렀다.

"그럼 마음대로 해. 하지만 메아리들은 너 가져. 너, 왜 그때 아무 소리도 안 났는지 알아냈니?"

"너 그걸 어떻게 알아?"

"들었어…… 아무튼 알아냈냐고?"

"아니……"

"있잖아, 제일 중요한 건 뭐냐면 소리를 지르는 위치야."

비찌까는 비밀스럽게 목소리를 낮추었다.

"악마의 손가락에서는 바다 쪽에서 소리쳤을 때만 메아리가 울리는 거야. 그런데 넌 아마 다른 쪽에서 소릴 질렀을 거야. 그쪽엔 아무 메아리도 없지. 그리고 절벽에서는 아래쪽을 바라보고, 소리는 벽쪽에다 대고 질러야 돼. 왜 생각 안 나니? 내가 그때 네 머리를 눌렀었잖아…… 그리고 협곡에서는 소리가 멀리 갈 수 있게 제일 깊은 곳에다 대고 소릴 질러야 돼. 그리고 그 동굴에서는 항상 메아리가 들리는데, 니네 거기까지는 안 갔지? 그리고 그 바위들 틈에서도 마찬가지고……"

"비찌까!……"

나는 후회하며 말하기 시작했다.

그녀의 갸름한 얼굴이 찌푸려졌다.

"나 가야 돼. 버스가 곧 떠나……"

"우리 모스크바에서 만날 수 있는 거지?"

비찌까는 고개를 흔들었다.

"우리는 하리꼬프에서 왔는 걸?"

"그럼 너 여기로 다시 올 거야?"

"모르겠어…… 그럼 안녕!"

비찌까는 당황한 듯 머리를 어깨 쪽으로 돌리더니 곧 저쪽으로 달려가 버렸다.

쪽문 가까이 엄마가 서서 비찌까의 뒷모습을 뚫어질 듯한 긴 시선으로 쫓고 있었다.

"누구니?"

왠지 엄마가 유쾌하게 물어왔다.

"비찌까예요, 따라까나하에 머물렀었던······"

나는 내게도 하루빨리 출발의 날이 왔으면 하고 바랬다. 그러면 나도 그때 동전을 던질 것이고 그러면 나는 다시 이곳에서 비찌까와 만나게 되리라. 하지만 이런 일은 일어나지 않게 되어 있었나 보다. 한 달 후 우리가 푸른 산 마을을 떠날 때 나는 동전 던지는 것을 잊어버리고 말았던 것이다.

"정말 매력적인 아이로구나!"

엄마가 깊은 목소리로 말했다.

"아니예요, 쟤는 비찌까예요!······"

"나 귀 먹지 않았다······"

엄마는 다시 한번 비찌까가 달려간 곳을 바라보았다.

"아, 정말 예쁜 아이로구나! 저 높은 코, 잿빛 머리카락, 놀라운 눈동자, 반듯한 몸맵시, 갸름한 발뒤꿈치, 손바닥······"

"엄마 왜 그래요!"

나는 엄마의 이상한 매료에 속이 상해 소리쳤다. 왠지 내게는 그것이 비찌까를 놀리는 것만 같았다.

"엄마가 개 입만 봤어도!······"

"정말 멋진 큰 입이지!····· 넌 정말 아무것도 몰라!"

엄마는 집으로 갔고, 나는 몇 초 동안 엄마의 등을 바라보고 있다가 잠시 후 정신을 차리고는 버스 정류장으로 달려갔다.

버스는 아직 떠나지 않았고 작은 가방, 큰 가방들을 잔뜩 짊어진 마지막 승객들이 버스 문을 향해 돌진하고 있었다. 나는 창문이 열리지 않는 쪽에 앉아 있는 비찌까를 곧 발견할 수 있었다. 비찌까의 옆에는 붉은 원피스를 입은 뚱뚱한 검은 머리의 여인, 비찌까의 엄마가 앉아 있었다.

비찌까도 나를 발견하고는 창문을 열기 위해 창문틀의 손잡이를 움켜쥐었다. 엄마는 분명 비찌까가 자리에 가만히 앉아 있기를 바라는 듯 비찌까에게 무슨 말인가를 하고 어깨를 두드렸다. 비찌까는 거친 동작으로 그 손을 뿌리쳤다.

버스는 시동을 걸었고 뒤로 금빛 먼지 꼬리를 길게 늘어뜨리며 나쁜 길을 따라 천천히 기어가기 시작했다. 입술을 깨물고 비찌까는 손잡이를 뜯어냈고 창문틀은 쿵 소리를 내며 밑으로 떨어졌다. 나는 이제 비찌까가 없는 곳에서도 그녀가 아름답다고 쉽게 생각할 수 있을 것 같았다. 날카로운 송곳니, 얼굴 전체에 퍼져 있는 까만 작은 점들, 이것들은 내가 순간적으로 믿어버렸던, 엄마에 의해 다시 만들어진 비찌까의 이미지를 송두리째 바꾸어 놓았다.

"저기, 비찌까!"

나는 재빨리 말을 시작했다.

"우리 엄마가 그러시는데 너 참 예쁘대! 넌 머리카락도 예쁘고 눈도, 입도, 코도……"

버스는 속도를 붙였고 나는 달리기 시작했다.

"팔도, 다리도! 정말이야, 비찌까!…….

비찌까는 그 큰 입으로 웃기만 했다. 기쁘게, 순박하게, 진

실되게, 그 큰 미소 속에 자신의 모든 선한 영혼을 내보이면서, 그리고 나는 그때 내 두 눈으로 보았다. 비찌까는 정말 세상에서 제일 아름다운 계집아이라는 것을.

힘겹게 자리를 잡으며 버스는 푸른 산 마을의 경계인 강을 가로지르는 나무로 만든 다리 위로 들어섰다. 나는 멈추어 섰다. 다리는 사방으로 울리는 소리를 냈고 버스는 천천히 가고 있었다. 그때 창문으로 또다시 바람에 흩날리는 잿빛 머리카락을 한 비찌까의 머리와 검게 그을린 날카로운 팔꿈치가 나타났다. 비찌까는 내게 사인을 보내고는 강물 너머로 힘껏 은빛 동전을 던졌다. 공중에서 반짝이던 동전은 내 발밑 먼지 속으로 사라져 버렸다.

이런 믿음이 있다. 그곳에 동전을 던지면 언젠가는 꼭 그곳으로 다시 되돌아오게 된다는……

그 아이, 까마로프

그 아이, 까마로프

구름들이 태양을 가리며 헤엄쳐 다니자 만 안쪽으로 스며든 물은 푸르스름한 하얀 빛에서 흐린 납빛 반사광을 받아 회색으로 변했다. 해변으로부터 오미터 가량 떨어진 곳에서 반짝이는, 파도가 매끌매끌하게 닦아 놓은 커다란 바위도 검게 변했고, 그 바위로부터 수면으로는 융단 같은 검은 그림자가 드리워졌다. 파도에 흔들리는 그림자는 짧아졌다가는 다시 길어지곤 해 내게는 마치 바위 옆에서 바다표범 한 마리가 춤을 추고 있는 것 같았다.

"까마로프, 그만 해! 너한테 말하는 소리가 안 들려? 까마로프!"

벌써 내 등 뒤로 저 찢어질 듯한 여자의 목소리가 들린 것이 한두 번이 아니었다. 그리고 매번 이 목소리는 어떤 까마로프라는 사람에게 주의를 주는 것이었다. '산만한 아이로구만' 나는 까마로프에 대해 잠깐 생각해 보았다.

'도대체 그는 거기서 뭘 꾸물대고 있는 걸까?' 하지만 뒤돌아 보기는 귀찮았고 게다가 큰 바위 옆에서는 다시 검은 바다 표범이 장난치는 모습이 어른거렸다. 나의 관찰은 이상한 고집스러움을 띠기 시작했고, 좀더 오래 쳐다보면 쳐다볼수록 나는 이것이 단지 그림자 조각에 불과하다는 것을 믿기가 어려웠다.

"까마로프, 내가 마지막으로 이야기하겠는데, 리쥑을 괴롭히지 말아라!"

또다시 내 등 뒤에서 찢어질 듯한 소리가 울려 퍼졌다.

"일어서, 까마로프!"

"난 아무 짓도 안 했는데요!"

조금은 씩씩거리는 듯한 볼멘 소리가 들려왔다.

나는 뒤돌아 보았고 모래에 찍힌 10까뻬이까 짜리 동전 자국 같은 배꼽에 시선을 고정시켰다. 내게서 멀지 않은 곳에 한쪽 귀 쪽으로만 솜씨있게 큰 모자를 푹 눌러 쓴 네 살박이 아이가, 만약 이 모자가 없었다면 완벽하게 알몸인 것이나. 모자 아래로 두 개의 동그란 갈색 눈이 심각하게, 조금 놀란 듯 바라보

고 있었다. 까마로프의 얼굴은 들창코에다 주근깨투성이었고,
그야말로 장난기가 뚝뚝 흐르는 얼굴이었다. 까마로프의 위로
는 녹색 실크 원피스를 입은 키 크고 육중한 몸매의 여자가 몸
을 숙이고 있었다. 그녀의 작은 움직임에도 뻣뻣한 실크는 정
전기의 메마른 빛을 뿌려댔다. 이 유치원 여교사의 뒤로는 햇
빛을 향해 등을 댄 스무 명에서 스물다섯 명 가량의 까마로프
의 동갑내기들이 누워 있었다.

"너 왜 리쥑에게 발을 올려 놓는 거니?"

선생님은 화가 나 소리쳤고, 그녀의 찢어질 듯한 목소리의
음조로 실크의 번쩍이는 광택이 뿌려졌다.

"얘가 죽은 사람처럼 누워 있잖아요!"

까마로프가 대답했다.

"그럼, 너 왜 친구의 눈에다가 모래를 뿌렸니?"

"누가 뿌려요? 전 털어 준 거예요…… 바람이 그랬어요."

까마로프가 한 대답의 현명한 논리들은 선생을 궁지로 몰아
세웠음이 분명했다.

"힘에 부치는 아이야!"

그녀가 한숨을 내쉬었다.

"전 그렇게 무겁지 않아요!"

까마로프는 반론을 펴며 자기 배를 두드려 보였다.

"저는 밥 먹은 후에만 무거워요."

하얀 가운에 소매에는 간호사 완장을 찬 젊은 여자가 다가와
말없이 시계를 보여 주었다.

"기상! 기상!"

여선생은 마치 날개죽지처럼 짧고 통통한 옷소매를 흔들어 진짜 전자 폭풍을 일으키며 소리치기 시작했다.

"옷 입고 줄 서!"

공기 중에서는 고분고분히 수건 조각이 나풀거렸고, 짤막한 어린 아이들의 팬티가 희끗희끗 보였으며 샌들에서 모래가 떨어져 나갔다. 그리고 벌써 첫 번째 줄은 질서정연하게 뒤통수를 맞추었고 단지 까마로프만이 발가벗은 채 우울하게 서서 옷에 손도 대지 않고 있었다.

"누구 수영할 사람 없어?"

침울하게, 마치 혼잣말하듯 그는 중얼거렸다.

"누가 뭐래도 넌 아니야!"

선생이 단호하게 잘라말했지만, 까마로프에게서는 이렇게 간단히 문제가 해결되지 않는다는 것을 알고 있는 그녀는 재빨리 덧붙여 말했다.

"의사가 수영을 금지했어. 물이 너무 차갑거든."

"그럼 아이들이 감기 걸리게 되나요?"

까마로프가 진지하게 물었다.

"이제 이야기는 이만했으면 됐어, 옷 입어!"

까마로프는 재빨리 팬티를 집어들었지만 왠지 그것을 바로 입지 않고 먼저 무리 속에서 자리를 잡은 다음 그제서야 바지를 고리 모양으로 만들어 놓고는 그 속으로 다리를 집어 넣었다.

"가자!"

선생이 손뼉을 쳤고, 그러자 줄이 흔들리더니 움직이기 시작했고 그와 동시에 난리법석이 일어났다.

빽빽 내지르는 소리, 왁자지껄한 소리, 웅성거림. 무슨 일이
일어난 것일까? 까마로프는 툭 부딪히며 넘어져 앞에 가고 있
던 소년을 넘어뜨렸고 그러자 그 다음 순서로 뒤에 오던 소년
이 걸려 넘어진 것이다. 선생은 일단 사태를 수습하려 했다. 새
로운 부대와의 전투인 것이다.

"얘들아, 무슨 일이니?"

"까마로프가 쓰러졌어요……"

"까마로프, 앞으로 나와!"

까마로프는 순순히 명령을 이행하려고 노력했지만 이상하고
짤막한 걸음걸이를 하다가 모래 위로 넘어지는 것이었다.

"무슨 일이니, 까마로프!"

"느낌이 안 좋아요."

까마로프는 이렇게 말하고는 일어나 앞으로 걸어나오다가 또
다시 쓰러졌다.

"이게 도대체 무슨 일이니?"

여선생의 목소리에는 절망감이 어렸다.

"설마 일사병은 아니겠지?"

까마로프의 친구들은 매우 만족해서 유쾌하게 웃어댔고 잠시
후 그 중 한 명이 말했다.

"니나 빠블로브나, 걔가요, 두 다리를 한쪽 바지에다가 다
집어 넣었어요."

"너 왜 그랬니?"

그녀는 몸을 꼿꼿이 펴며 말했다.

"그렇게 하는 게 더 재미있어요."

침착하고 악의없는 설명 뒤 까마로프는 갑자기 새로운 생각이 떠올라 물었다.

"니나 빠블로브나, 사람이 뭐예요?"

"몰라."

여선생은 화가 나 몸을 흔들었다. 그리고 나는 그녀가 진실을 말했다고 생각했다. 그 아이들은 점점 더 멀어졌고 곧 해변의 솔밭 사이로 사라졌다.

그리고 며칠 후 나는 다시 까마로프와 만났다. 나는 바다에서 커다란 모래가 뿌려진 길을 따라 돌아오는 길이었다. 길의 오른쪽으로는 울타리가 길게 쳐져 있었고, 계속해서 위쪽으로는 울창한 소나무 숲이 펼쳐져 있었다. 길의 왼쪽편으로는 아직까지도 복구되지 않은 전쟁 뒤의 공터가 있었는데, 그곳에서는 코를 찌르는 기름 냄새를 풍기는, 꼬리가 이상하게 생긴 고사리들이 잔뜩 자라고 있었다.

내가 담장 옆으로 나란히 섰을 때 갑자기 판대기 하나가 움직이더니 넓은 틈으로 하얗게 풀에 베인 상처가 많은, 샌들을 신은 작은 발이 보였다. 그리고는 요리사의 모자를 닮은 여름 모자와 볕에 그을리고 더러운 손, 그리고 마침내 해변에서 보았던 눈에 익은 모습 전체가 내 눈 앞에 나타났다. 그는 기어나와서 주위를 살펴 보았고, 나는 나를 향한 그의 조심스런 시선을 감지하고는 그에게 별 관심이 없는 척해 보였다. 그러자 그는 그 판대기를 제자리에다 다시 갖다 놓고는 길고 엄숙한 웃음을 터뜨렸다. 조금도 의심할 여지는 없었다. 까마로프가 탈출을 감행한 것이었다.

나는 까마로프를 잡아 그의 유치원 여선생에게 끌고가지 않은 것이 나의 잘못이었음을 인정한다. 거리에는 곳곳에 통행금지 표시가 되어 있었지만 그 무엇도 까마로프를 위협하지는 못했다. 심지어 내가 바로 옆에 있었는데도 말이다. 여선생이 얼마 간의 불쾌한 순간들을 참아낸 건 사실이다. 하지만 그녀에게는 그래야 마땅하다.

나는 하루에도 몇 번씩 이 유치원 옆을 지나가게 된다. 그리고 그때마다 나는 이곳에 있는 여선생은 분명히 자연과 함께 하는 스타일은 아니라는 것을 확신했다. 그녀는 까끌까끌한 어린 소나무들도 믿지 않았고, 짙은 그늘 속에 자리잡은 관목 숲도, 정원의 저쪽 구석에서 자라나는 산딸기도, 검은 양딸기도 믿지 않았다. 정원의 모든 넓은 공간 중에서 그녀는 자신의 원생들을 크로켓을 칠 수 있는 매끌매끌하고 좁은 장소에서만 놀게 했다. 따라서 아이들 중 누구라도 딱정벌레를 잡으러 쫓아다녀 보거나 아니면 그저 단순히 호기심의 발동으로 금지된 영역을 벗어나 볼 만한 가치는 있었다.

물론 그녀에게는 그렇게 자신의 원생들을 돌보는 것이 더할 나위없이 편할 것이다. 하지만 내게는 그녀가 지나치게 자신의 과제를 축소하고 있는 것은 아닌가 하는 생각이 들었다. 나는 '까마로프를 자유롭게 돌아다니도록 내버려 두자' 라고 결정하고 그에게 자유를 주었다.

'그는 과연 무엇을 하게 될까?'

저 아래로, 해안도로를 따라 교차로에서 맑게 신호음을 울리며 경승용차들과 화물차, 승객들을 무겁게 태운 버스들이 지나

다녔고 오토바이들이 절망적으로 흔들리며 내달리고 있었지만 도시 아이인 까마로프는 익숙한 도시의 소음에는 매료되지 않았다. 안장을 두 손으로 꼭 잡은 채 산에서 내려와 울퉁불퉁한 길을 신호로 알려주는 앞의 동료들을 뒤따라 달려가는 싸이클 선수들에게도 그는 주의를 기울이지 않았다.

까마로프를 끌어당긴 것은 한 번도 가본 적이 없는 미지의 세계였고, 그는 언덕으로 올라갔다. 이곳에서는 매 걸음마다 갑작스런 놀라움이 그를 감쌌다. 거기서 그는 어떤 널빤지 같은 것을 밟았고, 그 밑에서 탄력있게 파란 솔방울이 튀어올랐다. 1.5미터 가량을 날아간 솔방울은 오솔길 끝에서 착륙했고, 약간 방향을 바꾸었지만 덤불 밑에 얌전히 누워 있었다. 이것은 이제껏 까마로프가 한 번도 본 적이 없는 제대로 된 모양의 단단하고 어린 솔방울이었다. 이런 솔방울은 보통 가지에 단단히 매달려 있고 빛깔도 나뭇잎과 구별되지 않기 때문에 한 번도 본 적이 없었던 것이다. 게다가 이 솔방울은 폴짝 뛰어오르기까지 하지 않았던가! 까마로프는 살금살금 가벼운 걸음걸이로 솔방울 가까이 다가가서는 솔방울을 손바닥으로 내리쳤다 잡았다! 그는 손가락으로 단단한 솔방울의 모서리진 몸통을 느꼈지만 이것이 그에게 작은 녹색 동그라미의 비밀을 열어주진 못했다.

'너 정말로 뛰어오를 줄 아는 거야?'

까마로프가 물었다. 아무런 대답도 얻지 못한 그는 솔방울을 실험해 보기로 결심했다. 그는 솔방울을 땅 위에 내려 놓고는 물러섰다. 하지만 솔방울은 얌전히 제자리에 누워 있을 뿐 날아가려는 작은 시도도 하지 않았다. 그러자 까마로프는 주먹으로 솔방울을 꽉 쥐었고 바로 그 순간 두 개나 되는 그런 솔방울을 덤불 밑에서 또 발견했다. 그는 그것들을 잡으려고 했지만 갑자기 통증을 느껴 비명소리와 함께 손을 뒤로 뺐다. 덤불 사이로 날카로운 잎을 뻗고 있었던 쐐기풀에 손을 찔렸던 것이다. 까마로프는 손을 문지르고는 상처를 혀로 핥고 이번에는 어디서 통증을 느꼈었는지를 주의깊게 더듬으면서 다시 한번 솔방울들을 향해 손을 뻗었다. 꽃이 그의 손에 만져졌고 부드럽게 주름진 잎사귀도 건드렸다. 그런데 갑자기 보이지 않는 가시 파수꾼이 다시금 그의 손을 날카롭게 찔러 왔다.

하지만 이번에는 까마로프도 그저 얼굴만 찌푸렸을 뿐이었다. 그는 덤불 아래로 기어들어가 조심스럽게 쐐기풀의 줄기를 가려내고 씩씩한 동작으로 땅에서 쐐기풀을 뽑아 버렸다. 그의 강한 동작에 까끌까끌하던 풀은 일순간 약해져 더 이상 피부를 찌르고 들어올 수 없었다. 이것은 정말 대단한 발견이었고 이제 까마로프는 쉽게 솔방울들을 가질 수가 있었다. 하지만 솔방울 세 개를 모두 한 주먹에 쥘 수는 없어서 그는 솔방울 하나를 우엉 밑에다 묻어 두었다. 쐐기풀을 흔들면서 그는 길을 따라 위쪽으로 걷기 시작했다.

모래 속에서 그의 다리는 비척거렸고 게다가 땅에서 솟아난 커다랗고 둥근 바윗돌들이 그의 길을 가로막았다. 까마로프는 바위가 나올 때마다 그 바위를 돌아가야 했다. 그가 바위의 미끌미끌한 표면을 넘어가려고 하자 그는 즉시 미끄러져 내리고 말았다. 까마로프는 그 바위에서 쥐새끼 한 마리 내려오지 못하게 했다. 그는 멈추어 서서 쐐기풀로 바위를 계속 후려치고 있었다. 그가 아직 이 벌주기를 다 끝내지 못했을 때 어디선가 위쪽에서 절망에 찬 울음소리와 함께 송아지 한 마리가 지나가는 것이 보였다. 까마로프는 몸이 얼어붙는 듯했다. 그리고는 잠시 후 정신을 차리고 양손을 바위에 붙이고 있는 힘껏 위로 올라가려고 애썼다.

반 정도 올라왔을 높이에서 넓게 터진 곳을 발견할 수 있었고, 그것은 오른쪽으로 작은 평지를 만들며 소나무 숲과 이어지고 있었다. 그곳에서는 송아지 한 마리가 소나무 그루터기에 매어 있었다. 그래서 벌판 한가운데서 두 명의 아이가 만나게된 것이다. 사람의 아들과 누런 황소의 젖먹이가.

까마로프가 나이를 먹은 만큼 송아지는 개월 수를 먹었지만, 그래도 어쨌든 그들을 동갑내기라고 생각할 수는 있었다. 송아지는 까마로프가 무엇인지 알고 있었지만, 까마로프는 송아지가 무엇인지 알지 못했다. 소년은 불 같은 사랑으로 옮아갈 준비를한 채 당황스러움을 감추지 못하고 어린 황소를 바라보았다.

"넌 누구니?"

까마로프가 물었다.

송아지는 부드러운 입술을 움직여 입 속의 되새김질 할 음식을 옆으로 옮기며 아무 말이 없었다. 그러자 까마로프는 스스로에게 대답했다.

"넌 커다란 강아지구나."

그는 '커다란 강아지'를 만져 보려고 손을 내밀었지만 송아지는 자신을 쓰다듬는 것을 원치 않았다. 어쩌면 까마로프의

손에 들려 있는 쐐기풀 줄기가 주인이 송아지를 울 안으로 몰아 넣을 때 쓰던 채찍처럼 보여 송아지를 놀라게 했는지도 모를 일이었다. 그는 뒷걸음질치기 시작했고, 줄을 길게 잡아끌며 저쪽으로 달아나려 했다.

'너 왜 그러니?'

까마로프는 책망하듯 말하며 송아지 쪽으로 다가갔다. 그러자 송아지도 뒷걸음질치기가 지겨워졌는지 뿔이 날 자리에 곱슬곱슬하게 털이 뭉쳐 있는, 저녁 이슬에 젖은 이마가 넓은 머리를 숙이고는 목을 쭉 빼고 위협적인 모습으로 까마로프 쪽으로 다가섰다.

소년의 얼굴은 절망적으로 일그러졌다. 그는 전혀 싸우고 싶지 않았던 것이다. 하지만 이 사람의 성격에는 무언가 위험 앞에서 물러서는 것을 허락치 않는 것이 있었다. 그 또한 머리를 앞으로 내밀었다. 깨끗하고 높은 이마에는 두 개의 금발 눈썹이 서고 눈을 찌푸렸다. 그리고는 내가 미처 끼어들기도 전에 송아지와 이마 대 이마로 맞선 것이었다. 송아지는 싸움을 벌이지 않았다. 흔들거리는 곧은 다리를 넘어질 듯 뒤로 물리고 송아지는 돌아서서는 멀리 달아나 버렸다. 까마로프는 승리의 환호를 올리고는 송아지를 뒤쫓아갔다.

송아지를 묶은 줄은 송아지를 계속 맴돌게 했고, 송아지는 까마로프보다 훨씬 재빨랐기 때문에 두 번째 바퀴에서는 갑자기 자신의 눈 앞에서 자신의 추격자의 등을 보아야 했다. 까마로프는 이 순간에 무기력했다. 하지만 송아지는 자신의 우월함을 이용하는 대신 결정적으로 궁지에 몰려서 동시에 자신을 앞에서도, 뒤에서도 쫓을 수 있는 상대와 싸우게 되었던 것이다. 송아지는 우울하게 멈추어 서서 마치 어른 황소들이 하는 것처럼 깊고 슬프게 한숨을 내쉬었고 긴 풀줄기를 입술로 우적거리며 상대방의 결정을 기다리고 있었다.

까마로프는 자신의 적이 매우 온순해졌다는 것을 알기 전까지 원을 크게 한 바퀴 제대로 돌아야 했다. 적이 고분고분해졌음을 안 그는 용감하게 송아지에게로 다가가서는 그의 작은 손바닥으로 송아지의 옆구리를 툭툭 치고는 그의 돌처럼 단단한 이마와 뻣뻣하고 바르르 떨리는 속눈썹 밑의 눈, 그리고 고무처럼 말랑말랑한 코를 쓰다듬어 보았다.

송아지는 승자의 모든 부드러움을 참아내었고 한숨만 내쉴 뿐이었다.

"왜, 무섭니?"

까마로프는 물었고 이것으로 그의 복수는 끝났다. 그리고 그는 거기에다 위로와 송아지에게 주는 교훈까지 덧붙였다.

"나도 너 무서워 했었는데 지금은 안 무서워."

그는 꾀 많게 눈을 찡긋해 보였다.

"그리고 넌 커다란 강아지가 아니야. 아니지~롱! 너는 작은 소야."

"무~우!"

송아지는 이제 다시는 고집 센 척하지 않겠다고 까마로프를 확신시키며 대답했다.

"안녕"

까마로프가 말했다.

그는 다시 길가로 나왔다가 마치 보이지 않는 경계를 넘기라도 한 것처럼 한 걸음 뒤로 물러서서는 제자리에 굳어 버렸다. 나는 곧 까마로프가 놀랐다는 것을 눈치챘다. 그는 우연히 끝도없이 깊은 곳에서 소리도 없이 위협적으로 절벽에 부딪히는 파도가 거품을 일으키고 있는 절벽의 발부리에 얼굴을 마주 대하고 섰던 것이다.

거리의 녹색 복도가 화살처럼 빨리 바다 속으로 날아들어가는 것을 본 것이었다. 높이와 공간과 비행의 달콤한, 가슴 아픈 느낌이 소년을 관통해 왔다. 그는 양손을 흔들며 폴짝폴짝 뛰어오르다가 아이들의 셈세기 노래 같은 무엇인지 알 수 없는 소리들을 꽥꽥 지르다가는 마침내 가사도 멜로디도 없는 노래를 부르기 시작했다.

그러다 갑자기 노랫소리가 멈추었다. 까마로프는 마치 그 모든 감정들을 감당하기가 힘에 겨운 듯 몸을 돌려서는 재빨리 저 멀리로 뛰어가 버렸다……

길을 건너 그에게 뛰어온 개구리는 까마로프를 사랑스러운 지상의 일상성으로 되돌려 놓았다. 그는 개구리를 뒤쫓아 뛰었고 바로 막다른 곳에서 개구리를 따라잡았다. 소년의 그림자가 개구리를 덮었을 때, 개구리는 등을 구부리고 얼어붙어 버렸다. 까마로프는 개구리를 낚아채고는 배가 위로 오도록 뒤집어 놓고 손가락으로 탄력있는 뱃가죽을 톡톡 건드려 보았다. 그는 장난감 개구리가 뛰는 데 필요한 녹인 타르 꼭지와 쇠로 만들어진 작은 지렛대를 찾았음이 분명했다. 하지만 이 개구리의 배는 완벽하게 미끈거리기만 했고 까마로프는 생각에 잠겼다.

모자가 코까지 미끄러져 내렸지만 그는 세상을 온통 삼켜 버린 새로운 수수께끼로 인해 모자가 흘러내리는 것도 눈치채지 못했다. 그는 마치 무엇인가에 순응하는 것처럼 조금씩 손바닥을 쥐었다 폈다 했다. 개구리는 움직이지 않았고, 길고 메마른 다리는 소년의 주먹에서 두 개의 나무막대처럼 삐져나와 있었지만 그래도 그의 손에는 작은 몸뚱이의 박동이 느껴지고 있음에 틀림없었다.

"살아 있어!"

그는 웃음을 터뜨리고는 능청맞으면서도 엄숙한 표정을 지어 보이며 제안했다.

"우리 좀 놀아보자, 응? 그런 다음에 내가 널 놓아줄게……."

개구리는 반대하지 않았고, 까마로프의 손에 남았다.

이제 까마로프는 경험있는 관찰자의 시선으로 주위의 세상을 바라보았다. 저 높이 모래가 드문 곳에는 소나무 뿌리들이 드러나 보였고, 가는 뿌리털들이 바람에 흔들리며 모래들을 뿌려댔다. 그러자 까마로프는 그것들이 살아 있는 것인지 아니면 단지 살아 있는 척하는 것인지, 또는 살아 있는 듯 장난을 치고 있는 것인지 아니면 정말 독립된 삶을 살고 있는 것인지 알아내야겠다는 생각이 들었다. 그래서 그는 그 모래의 절단면 쪽으로 다가섰지만 그에게는 이 마지막 실험을 할 운명이 주어지지 않았다.

사방에서 도망자를 둘러싸고 강철 같은 원을 그린 포위망이 다가오고 있었던 것이다. 유치원 여선생에게 이끌려 그녀의 나이 어린 보모들과 유모들, 또 흰 앞치마를 두른 설거지하는 아줌마들, 소매에 붉은 십자가 완장을 찬 간호사 그리고 장화를 신은 경비 할아버지가 이쪽으로 몰려 오고 있었다.

"저기 있어요!"

고함소리가 들렸고, 이 외침과 함께 까마로프의 자유는 끝이 났다. 까마로프는 이 사람들이 도대체 왜 이렇게 소란을 떠는지, 왜 저렇게 애절하게 우는 소리들을 하는지 이해할 수 없었다. 그는 스스로를 강하고 부유하다고 느꼈고, 또 모든 사람에게 모든 것이 다 좋았으면 하고 바랬다. 그리고 여선생이 그에게 가까이 다가왔을 때, 그는 넓고 너그러운 동작으로 그녀에게 자신의 모든 전리품을 내주었다. 쐐기풀 줄기와 두 개의 푸른 솔방울 그리고 살아 있는 개구리 한 마리.

세번째 이야기

겨울 참나무

겨울 참나무

밤 사이 뿌린 눈이 우바로브까에서 학교로
향하는 좁은 길을 덮어버려 눈부시게 눈에
덮힌 길은 약하게 끊어질 듯 이어지는 그림
자로만 그 방향을 짐작할 수 있었다. 여선
생님은 신발을 갈아신을 준비를 하고는 가
장자리에 모피가 달린 작은 장화 속에 조심
스레 발을 넣었다.

학교까지는 겨우 0.5 킬로미터도 안 되는
거리여서 선생님은 어깨 위로 짤막한 모피
코트만을 걸쳐 입었고 머리에는 털실로 짠
얇은 머리 수건을 감았다. 지독한 추위에
바람까지 불어서 그 바람은 살짝 언 눈에서
금방 내린 눈송이를 날려 그녀의 발끝부터
머리까지 마구 뿌려 댔다. 하지만 스물네
살의 여선생님은 이 모든 것이 좋았다. 매
서운 추위가 코와 볼을 깨무는 것도, 바람
이 코트 밑으로 불어와 차갑게 몸을 얼리는

것도 좋았다. 바람 때문에 몸을 돌린 그녀는 그녀 뒤로 어떤 짐승의 발자국처럼 코가 뾰족한 장화의 발자국이 깨끗하게 남겨진 것을 보았고, 이것 또한 그녀의 마음에 들었다.

빛으로 가득 찬, 신선한 1월의 하루는 삶에 대한, 자신에 대한 기쁜 생각들을 불러일으켰다. 그녀가 학교를 마치고 이곳으로 온 지 겨우 2년. 하지만 그녀는 벌써 재능있고 경험있는 러시아어 선생님의 명성을 얻고 있었다. 우바로브까에서도, 꾸즈민끼에서도, 그리고 쵸르느이 야르에서도, 또 작은 이탄 도시와 말공장에서도 모두가 그녀를 알고 있었고, 높이 평가했고, 존경심을 담아 안나 바씰리예브나라고 부르고 있었다.

들판을 건너 이쪽으로 한 사람이 걸어오고 있었다. '만약 저 사람이 길을 비켜주지 않으면 어떡하지?' 안나 바씰리예브나는 기분 좋게 놀라며 잠시 생각했다. '오솔길 위에서는 어떻게 해볼 도리가 없고 한 걸음이라도 옆으로 물러나면 바로 눈 속으로 빠지게 된다.' 하지만 그녀는 속으로 이 주변에 우바로프까의 여선생님에게 길을 비켜주지 않을 사람이 없다는 것을 알고 있었다. 그들은 나란히 섰다. 그는 바로 말공장의 말조련사 프롤로프였다.

"좋은 아침입니다, 안나 바씰리예브나!"

프롤로프는 단단하고 짧게 자른 머리 위로 모자를 들어 올렸다.

"예, 좋은 아침이예요! 지금 바로 모자를 다시 쓰세요, 얼어붙겠어요!"

아마 프롤로프 자신도 한시라도 빨리 모자를 덮어 쓰고 싶었겠지만 그에게 이까짓 추위쯤은 아무것도 아니라는 것을 보여주고 싶어 일부러 모자를 흔들고 서 있었다. 반코트는 그의 균형잡힌 가벼운 몸매에 잘 맞았고, 손에는 뱀같이 생긴 채찍을 들고 있었는데 그 채찍으로 무릎 아래까지 오는 하얀 덧신을 툭툭 쳤다.

"참, 그런데 우리 료쉬까는 좀 어떻습니까, 버릇없이 굴지는 않나요?"

프롤로프가 예의를 갖추어 물었다.

"물론 장난이 심하긴 하죠. 모든 정상적인 아이들은 심하게 장난을 치는 법이니까요. 문제는 단지 경계선을 넘어 가느냐 하는 것이죠."

자신의 교육적 경험에서 나오는 사려로 안나 바씰리예브나는 대답했다.

프롤로프는 소리내어 웃었다.

"우리 료쉬까는 순한 아이예요. 아버지를 쏙 빼닮았지요!"

그는 무릎까지 눈 속에 빠지며 5학년짜리 아이의 키만 해져서는 길을 비켜 주었다. 안나 바씰리예브나는 관대하게 그에게

머리를 숙여 보이고는 자신이 가던 길을 갔다.

강추위가 여러 가지 그림을 그려 놓은 커다란 창문들을 가진 이층짜리 학교 건물은 길 가까이 낮은 담장 뒤에 서 있었다. 바로 길가에 쌓인 눈은 붉은색 학교 벽에 반사되어 불그스름해 보였다. 이 학교에서는 이웃 시골 마을들에서 온 아이들과, 말 공장 마을, 원유 가공업자들의 휴양소에서 오는 아이들, 또 저 멀리 이탄 도시에서 오는 아이들까지 모든 아이들이 공부를 하고 있었기 때문에 학교는 우바로브까 쪽 길가에 세워져 있었다. 그리고 지금 길 위에서는 양쪽 방향에서 학교 교문으로 털 모자, 머리 수건, 빵모자, 털실모자, 두건의 물결들이 교차해 흐르고 있었다.

"안녕하세요, 안나 바씰리예브나!"

매초마다 맑고 분명하게, 때로는 바로 눈밑까지 감은 목도리와 스카프 밑으로 겨우 들릴 듯 말 듯 탁하게 아이들의 목소리가 울려 퍼졌다.

안나 바씰리예브나의 첫 번째 수업은 5학년 A반에서 있었다. 안나 바씰리예브나가 교실로 들어섰을 때는 아직 수업의 시작을 알리는 날카로운 종소리가 채 멎지 않았을 때였다. 아이들은 사이좋게 자리에서 일어났고 선생님께 인사를 하고는 각자의 자리에 앉았다. 정적이 곧바로 찾아들지는 않았다. 책상 뚜껑이 닫히기도 했고, 의자가 삐걱이는 소리를 냈고, 또 누군가는 아침의 찌뿌드드한 기분과 작별이라도 하는 듯 시끄럽게 한숨을 내쉬었다.

"오늘 우리는 품사에 관한 이야기를 계속하겠어요……"

교실은 조용해졌고 길을 따라 무거운 짐차가 지나가는 소리가 들렸다.

안나 바씰리예브나는 작년에 그녀가 수업 전 얼마나 긴장했었던가를 회상했다. 그녀는 마치 시험 보는 여학생처럼 속으로 반복했었다. '이런 품사는 명사라고 불린다…… 이런 품사는 명사라고 불린다……' 그리고 또 이런 우스운 공포가 그녀를 괴롭혔던 것도 기억해 냈다. '이래도 아이들이 갑자기 이해하지 못하면 어떡하지……?'

안나 바씰리예브나는 추억에 잠겨 미소짓고는 무겁게 올린 머리에 핀을 바로잡아 꽂고는 온몸에 퍼진 온기처럼 자신의 안정감을 느끼며 평온하고 고른 목소리로 시작했다.

"명사는 사물을 의미하는 품사를 지칭하는 거야. 문법에서 사물이라고 부르는 것은 우리가 무엇이냐 혹은 누구이냐라고 물어볼 수 있는 모든 것들을 가리키는 거야. 예를 들어서 '이 사람은 누구입니까?' '학생' 또는 '이것은 무엇입니까?' '책' 처럼 말이지."

"들어가도 돼요?"

반쯤 열린 문에는 다 닳아빠진 덧신을 신은 작은 형체가 서 있었다. 추위에 달아오른 둥그스름한 얼굴은 마치 얼굴을 붉은 사탕무우로 문질러 놓은 것처럼 불타고 있었고 눈썹은 성에가 끼어 하얗게 변해 있었다.

"너 또 지각이니, 싸부쉬낀?"

대부분의 젊은 여선생님들이 그렇듯이 안나 바씰리예브나는 학생을 엄격하게 다루는 것을 좋아했지만 지금 그녀의 물음은

거의 애처롭게 울려 퍼졌다.

선생님의 말을 교실로 들어와도 좋다는 허락으로 받아들인 싸부쉬낀은 재빨리 자기 자리로 미끄러져 들어갔다. 안나 바씰리예브나는 소년이 방수포로 만든 가방을 책상 속에다 집어 넣는 것과 머리를 돌리지 않은 채 짝꿍에게 뭔가를 물어보는 것을 지켜보았다. '아마도 지금 선생님이 뭐 설명하는중이니?' 일 것이다.

싸부쉬낀의 지각은 기분 좋게 시작된 하루를 화나게 망치는 것처럼 안나 바씰리예브나를 슬프게 했다. 싸부쉬낀이 지각하는 것에 대해서는 나방을 닮은 조그맣고 메마른 노파, 지리 선생도 그녀에게 불평을 했었다. 그녀는 워낙 자주 불평을 늘어놓았다. 수업시간에 아이들이 떠드는 것에 대해서나, 학생들의 산만함에 대해. '1교시 수업은 그렇게 힘들다니까!' 노파는 길게 한숨을 내쉬었었다. '그렇겠지. 학생들을 이끌 줄 모르고, 자기 수업을 재미있게 할 수 없는 사람들에게는 그렇겠지.' 그때 안나 바씰리예브나는 확신에 차 이렇게 생각했었고, 그녀에게 시간을 바꿔 주겠다고 제안했었다. 지금 그녀는 안나 바씰리예브나의 친절한 제안 속에서 도전과 질시를 헤아릴 수 있는 정도로는 냉철한 노파 앞에서 자신이 잘못했음을 느꼈다.

"다 이해가 되죠?"

안나 바씰리예브나는 아이들을 향해 말했다.

"알겠어요!…… 알겠어요!……"

아이들이 합창하듯 대답했다.

"좋아, 그러면 이제 예를 들어봅시다."

몇 초 동안은 매우 조용해졌고, 잠시 후 누군가가 자신없이 말했다.

"고양이."

"맞았어."

안나 바씰리예브나는 작년에도 첫 번째 대답이 '고양이'였음을 기억해 내고는 말했다. 그러자 여기저기서 대답이 터져 나왔다.

"창문!—책상!—집!—길!"

"맞아요."

안나 바씰리예브나가 말했다.

교실은 즐겁게 웅성거리기 시작했다. 이 기쁨, 아이들이 그들에게 이미 익숙한 사물들을 마치 그것들을 새롭게, 낯선 의미로 알아가는 그 기쁨이 안나 바씰리예브나를 놀라게 했다. 예들의 범위는 점점 넓어졌지만 처음 몇 분 동안에는 아이들이 좀더 가까이에 있는, 손으로 만질 수 있는 대상들에서 벗어나지 않았다. 바퀴, 트랙터, 우물, 찌르레기 조롱……

뚱뚱한 바샤뜨까가 앉아 있는 뒷줄로부터 가늘고 집요하게 소리가 들려왔다.

"못…… 못…… 못……"

그리고 거기서 누군가가 자신있게 말했다.

"도시."

"도시. 잘했어!"

안나 바씰리예브나가 칭찬했다.

그러자 거기서 말들이 날아들기 시작했다.

"거리…… 전철…… 전차…… 영화……"

"됐어요."

안나 바씰리예브나가 말했다.

"내가 보기에 여러분들은 다 이해한 것 같아요."

목소리들은 아직도 미련이 남은 듯 잦아들었지만 뚱뚱한 바샤뜨까만이 아직도 자기의 인정받지 못한 '못'을 중얼거리고 있었다. 그때 갑자기 마치 잠에서 깨어난 듯 싸부쉬낀이 자리에서 일어나 맑게 소리쳤다.

"겨울 참나무!"

아이들은 웃기 시작했다.

"조용히!"

안나 바씰리예브나는 손바닥으로 교탁을 쳤다.

"겨울 참나무!"

싸부쉬낀은 친구들의 웃음이나 선생님의 고함소리도 눈치채지 못한 채 다시 한번 말했다. 그는 이것을 다른 학생들이 하는 것처럼 말하지 않았다. 그 말은 그의 가슴 속에서 너무 벅차 더이상 지킬 힘이 없어진 행복한 비밀의 고백처럼 그의 영혼 속에서 터져 나왔다.

그의 이상한 열기를 이해하지 못하는 안나 바씰리예브나는 자신의 분노를 애써 감추며 말했다.

"왜 겨울이야? 그냥 참나무지."

"그냥 참나무는 무엇! 겨울 참나무가 바로 명사예요."

"앉아, 싸부쉬낀. 이게 바로 지각이 무엇인지를 보여 주는 거야. '참나무'는 명사이고 '겨울의'라는 것이 무엇인지는 우리가 아직 배우지 않은 거야. 점심시간에 교무실로 와."

"아이고 그래, 겨울 참나무다!"

누군가 뒷자리에서 히히거렸다.

싸부쉬긴은 선생님의 화난 말에는 아무 신경도 쓰지 않은 채 혼자만의 어떤 생각으로 미소지으며 자리에 앉았다. '정말 힘든 아이야' 안나 바씰리예브나는 잠깐 생각했다.

수업은 계속되었다.

"앉아."

싸부쉬긴이 교무실로 들어왔을 때 안나 바씰리예브나가 말했다.

소년은 기꺼이 부드러운 안락의자 위에 앉아서는 몇 번 스프링 위에서 엉덩이를 들썩여 보였다.

"자, 이제 설명을 좀 해봐. 왜 넌 항상 그렇게 규칙적으로 지각을 하는 거지?"

"저도 잘 모르겠어요. 안나 바씰리예브나."

그는 마치 다 큰 사람처럼 어찌할 바를 모르고 당황해했다.

"저는 매일 한 시간 전에 집에서 나와요."

제일 하찮은 일에서 진실을 캐내기는 또 얼마나 어려운지! 많은 아이들이 싸부쉬긴보다 훨씬 멀리 살고 있었지만 그들 중 누구도 등교길에 한 시간 이상을 허비하는 아이는 없었다.

"너 꾸즈민끼에 사니?"

"아니요, 요양소 옆에요."

"그런데도 넌 집에서 한 시간 전에 나온다고 말하기가 부끄럽지 않니? 요양소로부터 큰길까지는 십오 분 정도면 되고 큰

길을 따라 학교까지 오는 데도 아무리 많이 잡아도 삼십 분 이상이 걸리지는 않잖아."

"그런데요, 저는 큰길로 안 다녀요. 저는 지름길로, 숲을 곧짱 가로질러 다녀요."

싸부쉬낀은 마치 스스로도 이러한 상황에 적지않이 놀란 듯했다.

"'곧짱'이 아니라 '곧장'이야."

안나 바씰리예브나는 늘 하던 대로 틀린 말을 바로잡아 주었다.

그녀는 아이들의 거짓말과 부딪힐 때면 언제나 그러하듯이 당황스럽고 우울해졌다. 그녀는 싸부쉬낀이 '용서하세요, 안나 바씰리예브나. 아이들이랑 눈장난을 하다 늦었어요.' 또는 그와 같은 종류의 단순하고 거짓없는 말을 해주기를 기다리며 잠시 침묵을 지켰다. 하지만 그는 커다란 회색 눈동자로 그녀를 바라보기만 할 뿐이었고 그의 눈은 마치 '이제 우리는 모든 걸 다 밝혀냈죠? 그런데 아직 저한테 뭐 볼 일이 있으신가요?' 라고 말하고 있는 것 같았다.

"슬프구나, 싸부쉬낀. 정말 슬퍼! 너희 부모님들과 이야기를 해보는 수밖에 없겠구나."

"그런데 저는요, 안나 바씰리예브나, 엄마밖에 없어요."

싸부쉬낀이 미소지었다.

안나 바씰리예브나는 조금 얼굴을 붉혔다. 그녀는 싸부쉬낀의 어머니, 그녀의 아들이 부르는 대로 '샤워실 유모'를 기억해 냈다. 그녀는 요양소의 수중치료 요법실에서 일하고 있었다.

하얗고, 뜨거운 물 때문에 말랑말랑해진 마치 천으로 만들어 놓은 것 같은 손을 가진 마르고 지친 여자였다. 조국 전쟁 때 전사한 남편없이 혼자서 그녀는 꼴랴 외에도 세 명이나 더 되는 아이들을 먹이고 기르고 있었다.

분명 싸부쉬긴의 가족들에게는 이 일외에도 걱정거리가 충분할 것이 틀림없었다.

"그러면 내가 너희 어머님을 만나러 직접 가야겠구나."

"오세요, 안나 바씰리예브나. 그러면 엄마가 기뻐하실 거예요."

"미안하지만, 나한테는 어머니를 기쁘게 해드릴 일이 하나도 없구나. 어머니는 아침부터 일 나가시니?"

"아니요, 오후 근무예요. 세 시부터요."

"그럼 잘됐구나. 나는 두 시에 끝나니까 방과후에 네가 안내하렴……"

싸부쉬긴이 안나 바씰리예브나를 이끈 오솔길은 학교 저택 뒤쪽에서 바로 시작되었다. 그들이 막 두껍게 눈이 덮힌 숲속으로 들어섰을 때 전나무 손바닥이 그들의 등 뒤를 두드려 그들을 바로 평온과 정적의 낯선, 매혹의 세계로 옮겨 놓았다. 산까치와 까마귀들이 이 나무에서 저 나무로 옮겨다니며 나뭇가지들을 흔들고 솔방울들을 떨어뜨렸으며 날개를 퍼득여 약하고 메마른 잔가지들을 부러뜨렸다. 하지만 이상하게도 이곳에서는 아무 소리도 나지 않았다.

주위는 온통 새하얗다. 단지 저 높이 바람에 날려 흔들거리는 자작나무 정수리만이 검게 보였고, 가느다란 나뭇가지들은

매끌매끌한 푸른 하늘에다 먹으로 그려 놓은 그림 같았다. 오솔길은 작은 시냇물 옆을 달리고 있었고, 그 시냇물은 그들이 있는 곳까지 왔다가는 큰 물줄기의 모든 굴곡을 고스란히 쫓아가다 높이 올라가서는 깎아지른 듯한 절벽 아래로 부서졌다.

가끔씩 나무들은 시계줄 같은 토끼 발자국이 남겨진 햇빛 가득한 유쾌한 들판을 열어 놓으며 양쪽으로 물러서기도 했다. 어떤 커다란 짐승의 것인 듯한 나뭇잎을 세 장 겹쳐 놓은 모양의 커다란 발자국들도 보였다. 발자국들은 깊은 밀림 속, 나무들이 쓰러져 있는 곳으로 사라져갔다.

"큰 사슴이 지나갔네요!"

싸부쉬긴은 안나 바씰리예브나가 발자국에 관심을 보이는 것을 발견하고는 마치 착한 친구에 대해 말하듯이 이야기했다.

"무서워하지는 마세요."

그는 숲 깊은 곳으로 던져진 선생님의 시선에 대한 대답으로 이렇게 말했다.

"큰 사슴은 온순한 놈이거든요."

"그러면 너는 사슴을 봤니?"

안나 바씰리예브나는 정신이 팔려 물었다.

"정말로 살아 있는 걸?"

싸부쉬긴은 한숨을 내쉬었다.

"아니요, 그런 기회는 없었어요. 여기 있는 도토리들이 사슴을 봤겠네요."

"뭐라구?"

"저기, 도토리 같은 작은 응아 덩어리요."

싸부쉬낀은 수줍어하며 설명했다.

아치형으로 구부러진 은버들 밑을 미끄러지듯 지나 길은 또다시 개울 쪽으로 달려가고 있었다. 개울의 곳곳은 두터운 눈이불로 덮여 있었고, 또 곳곳은 깨끗한 얼음 갑옷으로 족쇄가 채워져 있었고, 그러면서도 얼음과 눈 사이로 생기 있는 물이 어둡고 선량치 못한 눈을 이리저리 굴리고 있었다.

"왜 이 개울물 전체가 얼지 않은 거지?"

안나 바씰리예브나가 물었다.

"이 안에서 온천이 솟아오르고 있거든요. 저기 물줄기 보이시죠?"

얼음이 얼지 않은 곳 위로 몸을 숙인 안나 바씰리예브나는 바닥으로부터 실가닥처럼 가는 물줄기가 늘어지고 있는 것을 보았다. 그 물줄기는 물 표면까지 도달하지 못한 채 작은 물거품으로 부서졌다. 거품과 함께 솟아오르는 이 가는 물줄기는 마치 방울꽃 같았다.

"이 샘들에는 너무 열정이 많아요!"

싸부쉬낀이 몰두하여 말했다.

"그래서 샘물은 눈 밑에서도 얼지 않지요."

그는 눈을 헤치고 타르 섞인 검은, 그러면서도 여전히 투명한 물을 보여 주었다.

안나 바씰리예브나는 물 속으로 떨어진 눈이 녹지 않고 바로 질척해져서는 물 속에서 파르스름한 해초처럼 늘어지는 것을 눈여겨 보았다. 이것이 그녀에게는 무척이나 마음에 들어 그녀는 장화 코끝으로 눈을 차 물 속으로 떨어뜨리기 시작했다. 눈덩이가 알 수 없는 기이한 모양으로 길게 흘러들어가는 모습에 기뻐하면서. 그녀는 그 재미에 푹 빠져서 싸부쉬낀이 앞질러가 시냇물 위로 걸려 있는 갈라진 나뭇가지 틈에 높게 앉아 그녀를 기다리고 있다는 것도 곧 알아채지 못했다. 안나 바씰리예브나는 싸부쉬낀을 따라잡았다. 여기서는 이제 온천의 흐름이 끊겨 시내는 막처럼 얇은 얼음으로 덮여 있었다. 그 대리석 같은 얼음 위로 빠르고 가벼운 그림자들이 휙휙 지나갔다.

"이것 좀 봐, 여기는 얼음이 얼마나 얇은지 물 흐름까지 다 보이네!"

"무슨 말씀이세요, 안나 바씰리예브나. 이건 내가 나뭇가지를 흔들어서 그 그림자가 지나가는 거예요."

안나 바씰리예브나는 혀를 깨물었다. 여기, 숲에서는 그녀에게 입을 다물고 있는 편이 훨씬 나았다.

싸부쉬낀은 조금 몸을 숙이고 주위를 조심스럽게 살피면서 다시금 선생님을 앞질러 걸어갔다.

숲은 그들을 자신들의 복잡하고 헷갈리는 길로 계속해서 이끌고 또 이끌었다. 태양이 비춰들어오는 어둠과 이 정적 속에 나무들과 눈더미의 끝은 나타나지 않을 것만 같았다.

갑자기 멀리서 연기가 피어오르는 듯 푸른 틈새가 희미하게 밝아오기 시작했다. 그리고 이제는 더 이상 틈새가 아니라 넓게 태양이 스며들어오는 빛이 앞에서 튀어나왔고, 그곳에서 무엇인가가 반짝이고, 불꽃을 일으키는 듯하더니 얼음으로 만든 별들이 벌떼처럼 날아오르는 것이었다.

오솔길은 개암나무 숲을 돌아갔고, 숲은 곧 한쪽으로 비켜섰

다. 그리고 반짝이는 하얀 옷을 입은 벌판의 한복판에는 거대한
사원처럼 엄숙한 참나무가 서 있는 것이었다. 다른 나무들은 큰
형에게 있는 힘껏 기지개를 켤 수 있도록 존경하는 마음으로 자
리를 내주고 있는 것처럼 보였다. 참나무의 아랫부분에 매달린
가지들은 벌판 위로 큰 천막을 쳐놓고 있었다. 눈은 깊게 주름
진 나무껍질들 사이를 빼곡이 채우고 있어서, 세 아름이나 되는
뚱뚱한 줄기는 마치 은색 실로 수를 놓은 것 같았다. 가을내 말
라붙은 잎사귀들은 거의 하나도 떨어지지 않았고, 참나무는 제
일 꼭대기까지 눈을 덮어 쓴 나뭇잎들로 덮여 있었다.

"이게 바로 겨울 참나무예요!"

안나 바씰리예브나는 어색하게 참나무 쪽으로 한 걸음 다가
섰고, 강하고 너그러운 숲의 터줏대감은 그녀에게 인사로 가지
하나를 조용히 흔들어 보였다.

선생님의 마음 속에 어떤 느낌들이 일어나는지 조금도 모르
는 싸부쉬긴은 자신의 오랜 친구들과 그저 인사를 나누며 참나
무의 발치를 살피고 있었다.

"안나 바씰리예브나, 이것 좀 보세요!

그는 있는 힘껏 썩은 풀들이 뒤섞인 땅 속 깊이 스며든 눈을
파헤쳤다. 그곳, 구멍 속에는 거미줄처럼 가는 썩은 나뭇잎들
로 싸인 작은 공 같은 것이 놓여 있었다. 그 나뭇잎들 사이로
날카로운 가시의 끄트머리가 반짝였고 안나 바씰리예브나는 그
것이 고슴도치라는 것을 알아내었다.

"바로 이렇게 몸을 감싸고 있는구나!"

싸부쉬긴은 세심하게 고슴도치에게 그의 수수한 이불을 덮어

주었다. 그리고 나서 그는 다른 뿌리 쪽의 눈을 파냈다. 그러자 천정에 장식처럼 고드름이 달린 작은 굴이 나타났다. 그 속에는 마치 마분지로 만든 것 같은 갈색 개구리가 앉아 있었다. 골격을 따라 세게 잡아당겨진 피부는 지나치게 니스칠을 해 놓은 것 같았다. 싸부쉬긴은 개구리를 한번 건드려 보았지만 개구리는 움직이지 않았다.

"죽은 척하는 거예요."

싸부쉬긴이 웃었다.

"햇빛 좀 쐬게 움직여 봐. 자, 자, 이렇게!"

그는 계속해서 안나 바씰리예브나를 자신의 세계로 안내했다. 참나무의 발치에는 더 많은 일시 거주자들이 보금자리를 틀고 있었다. 딱정벌레, 도마뱀, 곤충들. 그들은 뿌리 밑에 숨어 있거나 텅빈 껍질 틈 사이에 들어가 있었다. 그들은 깨어나지 않는 잠 속에서 겨울을 견디고 있었다. 삶으로 충만한 강한 나무는 그 주위로 얼마나 많은 살아 있는 온기를 모았는지 가난한 동물들은 그것보다 더 좋은 아파트를 찾을 수는 없었다. 안나 바씰리예브나는 기분 좋은 흥미를 가지고 그녀는 알지 못하는 숲의 비밀스러운 삶을 살펴 보고 있었다. 바로 그때 싸부쉬긴의 놀란 목소리가 들렸다.

"오이, 이제 우리는 엄마를 만날 수가 없게 됐어요!"

안나 바씰리예브나는 서둘러 눈 앞으로 시계를 가져왔다. 네시 십오 분이었다. 그녀는 마치 뒤통수를 한 대 얻어맞은 듯한 느낌이었다. 그리고는 마음 속으로 자신의 작은 인간적인 잔머리 굴림에 대해 참나무에게 용서를 빌고는 말했다.

"그러니까 싸부쉬긴, 이건 짧은 길이 가장 좋은 길이라는 걸 의미하지는 않는다는 뜻이야. 넌 이제 큰길로 다녀야겠다."

싸부쉬긴은 아무런 대답도 하지 않고 머리만 숙였다.

'세상에!'

곧이어 안나 바씰리예브나는 아픔을 느끼며 생각에 잠겼다. '이것보다도 더 명백하게 자신의 무기력함을 인정할 수 있을까?' 그녀에게는 오늘 있었던 수업과 또 다른 모든, 그녀가 했던 수업 시간들이 떠올랐다. 그녀는 얼마나 가난하고 건조하게, 그리고 차갑게 단어에 대해, 이것 없이는 세상 앞에서 벙어리이고 느낌 앞에서 무기력한 언어에 대해 이야기했던가! 그리고 너그럽고 아름다운 삶처럼 이렇게도 신선하고 아름답고 풍부한 모국어에 대해 얼마나 건조하고 차갑게 이야기했던가!

그러고도 그녀는 스스로를 능력있는 여선생이라고 생각했으니! 그 길에서 그녀가 가지 않은 한 발짝의 걸음이 누군가에게는 인생의 목표가 될 수도 있는 것이다. 하지만 도대체 그 길이라는 것이 어디에 있을까? 그것을 찾아내는 것은 보물상자의 열쇠를 찾는 것처럼 쉽지도, 간단하지도 않다. 하지만 이해할 수 없는 기쁨 속에서 그녀는 아이들이 '트랙터', '우물', '찌르레기 조롱'이라고 외치는 소리에서 어렴풋이 그녀의 첫 번째 성과물을 바라볼 수 있었다.

"자, 싸부쉬긴. 좋은 산책 시켜줘서 고맙다. 물론 너는 이 길로 다녀도 좋아."

"고맙습니다, 안나 바씰리예브나!"

싸부쉬긴은 얼굴을 붉혔다. 그는 선생님께 다시는 지각하지 않겠다고 말하고 싶은 마음이 굴뚝 같았지만 거짓말을 하게 될까 두려웠다. 그는 외투깃을 세우고는 털모자를 더 깊숙이 눌러썼다.

"제가 선생님을 데려다 드릴께요……"

"괜찮아, 싸부쉬낀. 나 혼자 갈게."

그는 의심스러운 듯 선생님을 바라보다가 땅에서 막대기를 하나 집어들고는 구부러진 끝부분을 부러뜨리고는 안나 바씰리예브나에게 내밀었다.

"만약에 큰 사슴이 뛰어나오면 이걸로 등을 살짝 두드리세요. 그러면 도망갈 거예요. 아니, 그냥 휘두르기만 하세요. 그렇게 해도 충분해요! 만약에 더 괴롭히면 아마 숲에서 완전히 떠나버릴 거예요."

"좋아, 싸부쉬낀. 때리지 않을게."

멀리 가지 않아 안나 바씰리예브나는 마지막으로 지는 노을빛 속에 하얀 장미빛을 띤 참나무를 돌아다 보았고, 나무 발치에서 작은 어두운 형체를 보았다. 싸부쉬낀은 가지 않고 서서 멀리서 자신의 여선생님을 지키고 있었던 것이다. 그리고 안나 바씰리예브나는 이 숲에서 가장 놀라운 것은 겨울 참나무가 아니라 낡아빠진 덧신을 신고 허름하고 볼품없는 옷차림을 한 작은 사람, 조국을 위해 전사한 병사와 '샤워실 유모'의 아들, 놀랍고 신비로운 미래의 시민이라는 것을 갑자기 깨닫게 되었다.

그녀는 그에게 손을 흔들어 보이고는 구불구불한 오솔길을 따라 조용히 앞으로 나아갔다.

네가 원하는 일이라면, 아우렐리오!

네가 원하는 일이라면,
아우렐리오!

까뉴쉬꼬보라는 마을은 신도 모를 만큼 깊은 골짜기에 자리잡고 있었다. 구역 중심지로부터는 30Km 떨어진 곳에 위치하고 있었고, 주청 소재지로부터는 80Km 떨어진 곳에 있었다. 하지만 이 마을이 섬이라는 조건이 사람들을 이웃들로부터 반 걸음도 안 떨어진 곳에서 오손도손 살게 했다. 구역 영화 상영 기술자들은 처음에는 이 까뉴쉬꼬보를 거들떠 보지도 않았다. 이 마을로 들어오려면 영사기 뿐만 아니라 소형 발전기까지 끌고 와야 했으며 게다가 이 모든 기계장치들을 배에 실어 강을 건넌다는 것은 복잡하고 위험한 일이었다. 이것이 바로 오늘에서야 많은 학교에 다닐 나이의 아이들과 마을 노파들이 인생에서 처음으로 영화라는 비밀을 접하게 되는 이유였던 것이다. 여러 집에서는 이 중대한 사건을 맞이할 준비를 하며 목욕들을 하고, 빨래를 하고 다림질을 했다.

비가 내릴까봐 걱정들을 했었다. 까뉴쉬꼬보에는 모든 관람객들을 수용할 수 있는 클럽이나 다른 공공건물이 없었기 때문이었다. 하지만 저녁 무렵이 되자 별들이 하늘을 이쪽 끝에서 저쪽 끝까지 가득 메웠고, 이것은 바로 청명하고 건조한 날씨에 대한 약속이었다. 영사 기술자들을 데리러 소형 발동선을 타고 갔던 마을 남자들도 모든 것들을 제대로 안전하게 가지고 왔다.

관람객들은 영화가 시작되기 한참 전부터 자리를 잡고 앉아 있었다. 노인들과 노파들을 존경의 표시로 제일 앞자리, 거의 화면 바로 앞에다가 앉게 했고 젊은이들은 뒤쪽, 영사기 가까이에 자리를 좁혀 앉았다.

처음으로 영화를 보게 되는 사람들 중에 열여섯 살 난 류다, 다닐리하의 딸이 있었다. 류다의 아버지는 전쟁이 끝난 직후 깊은 상처로 인해 세상을 버렸고 어머니는 휴일이 아닌 날에는 늘 류다를 도시로 데려가야 했었다. 그녀는 집단농장에서 일했고, 사냥꾼들의 빨래를 해주었으며 또 집단소비조합 지도원으로도 일했다. 류다가 아이들과 함께 '커다란 땅'으로 산딸기나 버섯을 따러 갈 때면 그녀의 내부에서는 그녀가 알지 못하는 세계의 어마어마함, 그리고 저 멀리 푸른 연기 뒤에서 펼쳐질 어떠한 비밀에 대한 예감이 불러일으키는 떨떠름하면서도 슬픈 듯 행복한 느낌이 언제나 연기처럼 피어올랐다. 그리고 오늘, 그녀는 이것을 괴롭게 조여드는 가슴으로 직감했다. 이 섬에는 없고 저 '커다란 땅'에는 그렇게도 많은, 산딸기가 많은 늪, 녹색 호수 뒤에서 펼쳐지는 그 비밀들 중 하나가 반드시 밝혀지리라는 것을.

"쎈 아저씨, 오늘 영화는 무엇에 대한 내용이예요?"

커다란 처녀들이 작업반장 찌우노프에게 물었다.

"학술 영화야, 멕시코에 대한."

"이런!"

노파들이 끼어들었다.

"그런데 그 멕시코라는 것이 어디에 있는지라도 알았으면 좋겠구먼!"

"그러니까 그게! 저기 쿠바가 있잖아요. 그러니까 거기, 바로 거기에 멕시코가 있는 거예요."

"아ー아!…… 그러니까 그렇게 멀진 않구먼"

노파들이 진정했다.

"쎈 아저씨, 그런데 뭐하러 학술 영화를 가지고 왔대요?"

또다시 처녀들이 물었다.

"사랑에 대한 거라면 더 좋았을 걸."

찌우노프는 속이 상했다.

"사랑해, 사랑하시라고들. 그래도 항상 니네들한텐 사랑이 적지!…… 그래 뭐, 다음 번엔 사랑에 대한 걸 가져오지."

영화의 제목은 '멕시코 아가씨'였다. 멕시코의 모습, 모래 밭, 야자수, 사암으로 만든 작은 집들, 먼지나는 길, 점토로 만든 그릇 등을 보여준 시작 부분만이 학술적으로 보였을 뿐 계속해서 이어지는 내용은 찌우노프가 무엇이라고 말했건간에 사랑에 관한 것이었다.

하지만 사랑에 관해 무엇을 이야기했었는지 류다는 제대로 기억하지 못했다. 그것은 때로 화면이 까맣게 변해 버렸기 때문이 아니라, 안개 속에서 둘의 얼굴이 부드럽게 가까워졌을 때 여주인공이 지극히 달콤한 목소리로 연인에게 들려 준 말 '네가 원하는 일이라면, 아우렐리오!……', 이 말이 너무나 멋있었기 때문이었다.

그 말 속에는 어떤 순종성, 사랑하는 사람 앞에서의 자기 비하와 또 어떤 이상한, 이해할 수 없는 긍지 같은 것이 있어서 류다는 온몸에 소름이 돋을 지경이었다. 그녀는 주위를 둘러싼 끊임없는 전쟁 상황에 놓여 있는 것에 익숙해진 터였다. 그녀는 어머니를, 여자 친구들을, 그리고 나이 어린 모든 시골 꼬마 녀석들을 복종시켰고, 이글거리는 분노로 동년배 사내아이들과 내깍뒀디. 이런 지독한 강인함 속에서 그녀는 어떤 자랑스런 미덕을 보았던 것이다. 그런데 지금 여기서는 어둠 속에서 보름달처럼 환하게 아름다운 여자의 얼굴이 떠올랐고, 부드러운

순종 속에서 커다란 눈동자가 흐려지면서 입술은 천천히 말을
했다. '네가 원하는 일이라면, 아우렐리오!……' 류다에게는
이제까지 살아온 모든 삶들이 완전한 실수였다고 생각되기 시
작했다.

　화면에서는 젊은 한 쌍에게 모든 일들이 순조롭게 풀려간 것
은 아니었다. 적들이 그들의 소박한 행복과, 그들의 가까움과
심지어 삶까지도 빼앗아갔다. 하지만 힘센 적들로부터 어떻게
그것들을 지켜낼 수 있었겠는가. 아우렐리오는 그저 순박한 농

꾼, 가난뱅이일 뿐이었는데 말이다. 사실 그는 농사를 짓기보다는 더 많이 춤추고, 기타를 튕기고, 노래를 불렀다. 탬버린과 캐스터네츠는 무기로는 형편없는 것이다. 하지만 여자는 진실한 마음 속 깊이에서 우러나오는 낮고 조용한 목소리로 말했다. '네가 원하는 일이라면, 아우렐리오!……' 그리고 이 말은 젊은 멕시코인에게 대단한 용기와 대담성, 그리고 힘을 불러일으켜 주었다. 그리고는 말을 타고 달리는 추격전, 총성, 상처입은 자의 신음 소리가 있었고, 고통과 기대와 승리로 참을 수 없이 반짝이는 여인의 눈동자가 있었다. 그리고는 사랑하는 여인, 그녀의 부드러움, 순종, 그리고 '네가 원하는 일이라면, 아우렐리오!……' 라는 말의 은빛 그늘로 귀환.

영화가 끝나자마자 화면은 밝은 빛으로 텅빈 하얀 네모판으로 변했고 류다는 튕겨지듯 저 멀리로 달려갔다. 그녀에게는 사람이 없는 곳에서 바보 같은 여자 친구들과, 덜 자란 친구녀석들 없이 혼자 있는 것이 필요했다. 하얀 평면 속으로 던져진 빛의 세계 속에서 태어난 이상한 발견, 밝혀진 하나의 비밀과 단 둘이 있어야 했다.

시골 마을은 산비탈을 따라 좁은 만 쪽으로 펼쳐져 있었지만, 류다는 물이 보이는 성의 다른 쪽 끝으로 방향을 잡았다. 류다는 호수를 좋아했다. 지리적인 크기로 따지자면 특별히 크지는 않을지 몰라도 그저 눈으로만 보기에는 끝없이 펼쳐진 것이 바다처럼 넓어 보였다. 그녀는 오솔길을 따라 조금 하얘진 우엉, 질경이 위로 달렸다. 자작나무 숲 끝, 버려진 마을 묘지 옆을, 우거진 개암나무 숲 옆을, 흔들리는 마지막 사시나무 잎사귀들 옆을 지나 달리고 또 달렸다. 지금은 한 차례 추위가 지나간 후에 잠깐 따뜻해지는 시기로 바뀌는 시월 말로 접어들어 어떤 이상하고 청량한 온기로 따뜻하게 느껴지기까지 했다.

그리고 이제 호수가 나타났다. 방금 막 나온 달의 날카롭고 긴 빛을 받은 검은 호수. 류다는 더 가까이 달려갔다. 멀리서 볼 때보다 물은 빛보다 훨씬 많았다. 작은 파도들이 바람에 쫓겨 낮은 기슭으로 몰려와서 거품으로 부서지면서 빛을 잃었고, 별들은 물 속으로 더 크게 자신들의 뒷모습을 던지고 있었다. 류다는 호수를 마치 자신의 피부처럼 느꼈다. 까뉴쉬꼬보 사람들에게 호수는 내다 팔 생선과 각종 값비싼 수산물들의 보금자리였다. 하지만 호수는 다른 보물들도 더 단단히 지키고 있었다. 눈을 멀게 하는 번개가 이곳으로 5월의 소나기를 몰고 왔고 7월의 무지개는 자신의 일곱 빛깔 기둥을 온전히 드리웠고, 8월의 밤마다 셀 수 없는 많은 별들이 쏟아졌다. 그리고 또 저녁마다 내려앉은 태양은 호수를 연한 장미빛으로 물들이고, 호수 위로 내려앉는 달빛과 별빛은 또 어떠한지? 호수는 무지개와 별, 달, 그리고 태양으로부터 많은 것들을 받아들여 호수의 물이 병을 치료하는 힘을 얻기에 이르렀다. 류다에게는 지금 물에 들어가는 것이 필요했다. 그러면 정신의 안정이 그녀를 엄습해오고 몸속에서는 무엇인가가 가라앉아 몸은 자유롭고 가볍게, 거의 체중을 느끼지 못하게 되는 것이다.

몸에 꽉 끼는 원피스를 양 팔을 꼬아 잡고 류다는 머리 위로 원피스를 들어올려 벗고는, 거친 동작으로 팬티를 내리고 그것을 건너 넘고는 발에 익은 슬리퍼를 벗어 던졌다. 뜨거운 발바

닥 밑으로 모래의 상쾌한 차가움과 습기가 느껴졌다. 류다는 언제나 자신에게 어떤 불안감을 던져주는 작고 뾰족한 가슴을 손바닥으로 꼭 쥐고는 천천히, 온몸으로 기쁨을 느끼면서 허리까지 물 속으로 들어갔다. 그녀는 마치 멕시코 아가씨가 자신의 선택받은 사람의 얼굴을 바라보듯 어두운 호수의 자태를 바라보았고 마치 그의 명령이라도 들은 듯이 고분고분히 말했다.

"네가 원하는 일이라면, 아우렐리오!……"

류다는 빛을 따라 구불구불, 기슭에서 멀리멀리 헤엄쳐 나간 다음 물 위에 등을 대고 매우 오랫동안 누워 있었다. 눈을 감기도 하고, 눈으로 달과 별들을 마주보기도 하면서. 그리고는 다른 때와 달리 지치고 조용해져 다시 기슭으로 돌아왔다. 류다는 기쁜 마음으로 그녀는 아우렐리오에게 아무런 감정도 없음을 깨달았다. 그녀는 그의 콧수염 많은, 광대뼈가 넓고 검은 눈의 얼굴을, 모자 밑으로 보이는 타는 듯이 검은 머리를 전혀 좋아하지 않았다. 그녀는 스스로를 멕시코 아가씨의 경쟁자라고 느끼지 않았던 것이다. 아니다, 아우렐리오가 그녀를 들뜨게 하는 것이 아니라 이제는 그녀의 말이 되어 버린 그를 향한 말이 바로 그녀를 들뜨게 하는 것이다. 그녀는 영화에서, 흑백 필름의 뒤죽박죽인 아른거림에서 벗어났다. 지금은 온전하게 그녀의 마음이 행복한 육체의 숨통이 된 것이다. '네가 원하는 것이라면, 아우렐리오!……' 하지만 그녀는 자신의 명령자를 알지 못했다.

류다는 옷을 입고 발을 슬리퍼 속에다 끼워 넣고는 멀리까지 어슬렁거리며 걸어다녔다. 생기 넘치는 물은 처음으로 그녀에게 가벼움을 주지 않았고 새로운, 부드러운 유순함을 심어 주었다. 그녀는 오솔길을 따라 걸었지만 부드러움 때문에 자꾸 발을 헛디뎠다. 이 연약함은 류다를 놀라게 하지는 않았다. 그녀는 어렴풋이 그녀의 몸이 변하고 나이를 먹어가고 있으며 이것이 항상 가슴 속에 끔찍한 슬픔을 불러일으킨다고 할지라도 그 변화를 고분고분히 견뎌내야 한다는 것을 느끼고 있었다.

그녀는 아주 오래 된 할아버지와 할머니들의 무덤이 있는, 풀이 무성하고 볼품없는 묘지까지 왔다. 까뉴쉬꼬보 사람들은 모두들 나이를 많이 먹어 늙어 죽었고 단지 그녀의 아버지의 무덤만이 이 시골 마을 묘지에서 유일한 젊은이의 무덤이었다. 류다는 살아 있는 사람들 앞에서와 마찬가지로 죽은 사람들 앞에서도 두려움을 느끼지 않았다. 그녀는 오솔길에서 몸을 돌려 이슬의 축축함에 몸을 적시며 묘지의 개암나무 사이를 거닐었다. 달빛이 약하게 새어나오는 어둠 속에서 키작은 풀들로 온통 뒤덮힌 작은 무덤들이 거의 보이지 않았다. 까뉴쉬꼬보 사람들은 자신의 고인들을 잘 돌보지 않았다. 그것은 어쩌면 자신의 시대를 다 살고 타인의 것까지 움켜쥐면서 살았던 그들이 죽으면서 죽음이라는 것을 그렇게 비극적인 것으로 느끼지 않고 어떤 기다리던 필연성으로 느꼈기 때문인지도 모른다. 중년의 아이들이 자신들의 늙어빠진 부모들을 간단히, 사무적으로 묻고는 흘러가는 삶에 대한 걱정을 하며 돌아왔다.

하지만 류다의 아버지는 자신의 삶을 다 살지 못한 채 세상을 등졌고, 그는 젊은 미망인과 나이 어린 딸을 남겼다. 그래서 그의 무덤은 달랐다. 마치 그에 대한 기억처럼 잘 돌보아지고 잘 보존되어 있었다. 류다는 온갖 갑작스러움이 살고 있는 익숙한 세계를 자신의 방식으로 재단해 놓은 어둠 속에서 아버지의 묘를 쉽게 찾아냈다. 어둠의 자식들은 낯선 사람의 다리를 걸고 옷을 잡아당기고 나뭇가지처럼 메마른 손가락으로 눈을 찌르고 머리카락을 잡아당기기를 좋아한다. 류다는 밤에게 할퀴고 긁힌 상처, 찢어진 옷조각으로 정해진 세금을 내고는 아버지의 무덤을 둘러싼 나지막한 나무 울타리까지 왔다. 무덤은 잔디로 덮혀 있었고, 위에는 몇 개의 반쯤 마른 과꽃이 뿌려져 있었다. 머리맡에는 나무로 만든 십자가가 솟아 있었고 그 틈은 비로드 같은 이끼로 꼭꼭 밟아 메워져 있었다. 물론 아버지의 무덤은 다른 것들에 비해 말쑥하게 정돈되어 있었지만 그럼에도 불구하고 역시 가난하고 가엾어 보였다! 그곳에서 그녀의 아버지가 잠들어 있었고, 딸은 그를 기억하지 못했고 심지어 사람들의 이야기 속에서 만들어지는 잘못된 기억조차 없었다. 그는 매우 젊었을 때 죽었다. 겨우 스물다섯 해를 넘겼으니까. 그는 젊은 어머니의 아우렐리오였다!…… 류다는 뜨거워지고, 부드러워지고 그리고 부끄러워졌다…….

그녀는 마치 비몽사몽인 듯 집으로 돌아왔다. 그녀는 무거워진 머리를 가슴팍으로 숙였고 다리는 납처럼 무거웠으며 또, 하품을 했는지 눈에서는 눈물이 앞을 가려 주위의 모든 것이 마치 출렁이는 밤의 물 속에서처럼 윤곽을 잃고 흔들리며 헤엄쳐 다녔다. 바로 조금 전 영화를 상영했던 광장에서는 축제 분위기를 내는 화관이 빛나고 있었고 아코디언이 연주되고 여러 쌍들이 춤을 추고 있었다. 하지만 류다는 그곳으로 가지 않았다. 집으로 다가간 그녀는 현관으로 올라가다가 건초더미 속에 있던 빨래통에 부딪혀 상처를 입었고, 부엌에서는 세면대에 걸렸고 또 방에서는 문지방에 부딪혔다. 그녀는 옷도 벗지 않은 채 침대 위에 쓰러져서는 아무런 기억없이 꿈도 꾸지 않은 채 잠이 들었다.

아침 일찍 아이들이 그녀를 깨웠다. 그녀는 오늘부터 산딸기를 따러 가기로 한 것을 까맣게 잊고 있었던 것이다. 그녀를 데리러 달려온 그녀의 여자 친구이자 충실한 하녀인 쏜까가 놀라 쉴새없이 떠들어댔다.

"빨리 가자!…… 모두 다 보트에서 기다리고 있단 말이야! 얼른 가자, 응?"

류다를 덮친 이 난리통 속에서도 그녀는 옷을 따뜻하게 챙겨 입고 바구니를 찾아서는 요구르트를 넣어 만든 빵과 커다란 계란, 그리고 식물성 식용유에 튀긴 생선을 신문지에 말아 챙겼다. 그녀는 어제 저녁 그녀 속에서 태어난 새로운 존재에 대해서는 아직 기억해 내지 못하고 있었다. 하지만 그들이 밖으로 나왔을 때, 때는 벌써 따뜻한 아침이었고, 그녀 속에서는 부드러운 느낌이 피어오르고 심장은 조여들어 얼어붙은 듯하고 어떤 알지 못할 기쁨으로 뒤덮혀 가슴 속에서 자랑스런, 그리고 희생적인 순종의 음악이 울려 퍼지기 시작했다. '네가 원하는 일이라면, 아우렐리오!……'

아이들은 아주 낡은 모터가 달린, 그것도 배 뒤쪽에 달려 있지 않고 배 한가운데에 놓여 있는 평저선 안에 모여 있었다. 어른들은 누구도 이 오래 된 덜덜이를 타지 않아서 이 배는 아예

아이들의 소유물이 되어 버렸다.

거기에 모여 있는 아이들은 어린 아이들이었지만 몇몇의 류다의 또래 아이들도 보였다. 모터 위에서는 열다섯 살짜리 꼴까 프롤로프가 마술을 부리고 있었다. 벌써 배 쪽으로 내려간 류다는 바닥을 위로 하고 뒤집어져 있는 통나무배 위에 누워 있는 큰 슬라브까를 보았다. 그는 배 안에 앉아 있는 다섯 살짜리 동생 슬라브까와 구별하기 위해서 그렇게 불렀다. 형제들의 이름이 완전히 같은 것은 아니었다. 형은 로스찌슬라프였고 동생은 슬라바미드였다. 류다는 큰 슬라브까를 보고 기뻐했다. 보통 그들은 적대 관계에 놓여 있었다. 류다는 여자아이들의 대장이었고 슬라브까는 사내아이들의 대장이어서 그들 모두는 상대방이 허우대만 멀쩡한 속빈 강정이라는 것을 증명하고 싶어했던 것이다. 그들은 서로서로를 학교에서도, 집에서도 지켜보았다. 설사 큰 슬라브까가 더 힘이 셀지라도 류다의 능수능란함과 무모함, 불 같은 성미는 훨씬 더 자주 그녀에게 승리를 가져다 주었다.

하지만 지금 류다는 아무런 긴장없이 길게 누워 있는, 무방비 상태의 슬라브까를 바라보면서 그에게 못된 짓을 하고 싶다는 생각을 전혀 하지 않았다. 그녀는 그의 내려진 곱슬머리, 높은 코, 깨끗하고 갸름한 얼굴을 보았고, 그녀 속에서는 그에 대한 무언가 새롭고 부드러운 감정이 피어오르기 시작했다. '슬라브까를 불러서 같이 가자고 해야겠다. 그리고 앞으로 더 이상 그에게 나쁜 짓을 하지 않겠다고, 무엇이든 그의 말을 잘 듣겠다고 이야기해야겠다.……'

류다는 조용히 슬라브까에게로 향했다. 그는 그녀가 몇 걸음 앞으로 다가왔을 때 그녀를 감지했다. 조금은 변덕스러워 보이지만 온순한 모양을 한 슬라브까의 얼굴에 공포가 나타났다. 그는 벌떡 일어나고 싶었지만 바지가 송진에 늘러붙고 말았다.

"가까이 오지 마. 들리냐?"

찍찍이에 달라붙은 파리처럼 몸을 사리며 슬라브까가 소리를 질러 댔다.

"가까이 오지 마. 그럼 재미없어!……"

"왜 그러니, 슬라바."

류다는 유순하게 말했다.

"뭣 땜에 넌 그렇게 소리를 지르니, 그러는 게 좋아?"

평상시와 다른 류다의 이 조용함 때문에 슬라브까는 완전히 넋이 나가고 말았다. 그는 지금 그를 산 채로 가죽을 벗기고 내장을 꺼내거나 아니면 은근한 불 속에서 천천히 구울 것이라고 생각했다.

"죽어!……"

그는 쉿소리를 내고는 통나무배 바닥 위에 찢어진 바지조각을 남기고는 찢겨져 일어나 드러난 엉덩이를 반짝이며 저 멀리로 달아나 버렸다.

류다는 눈물이 날 정도로 슬펐다. 그녀의 선량한 시도가 무위로 끝나고 말았다. 슬라브까는 그녀의 아우렐리오가 될 수 있었다. 하긴 슬라브까가 그녀의 선량한 행동을 믿지 않은 데에 그녀 스스로에게 죄가 있음은 사실이다. 그는 얼마나 괴롭게 그녀를 참아냈던가!…… 깊은 한숨을 내쉰 류다는 돌아서서 배를 향해 터덜터덜 걷기 시작했다.

피가 날 정도로 입술을 꽉 깨문 꼴까 프롤로프는 모터의 줄을 잡아당겼다. 줄은 제대로 감겨 있지 않아서 원판 위를 그저 겉돌기만 했다. 그리고는 몇 번의 요동 끝에 끈은 꼴까의 손에 남겨졌다. 다시금 끈을 무엇인가에 잘 건 뒤 꼼꼼히 감아야 했다. '제기랄!' 줄이 요동치다 말고 실패로 끝나자 꼴까는 이렇게 말하고는 뱃전에다 찍하고 침을 뱉었다. 그는 아우렐리오감이 못 돼. 류다는 그것을 바로 알 수 있었다. 그리고 이제 그녀의 시선은 머리칼이 희끗희끗하고 뚱뚱한, 빵 껍질 안쪽 연한 부분을 먹어치우고 있는 인물에 멈추었다. 그것은 슬라바미르였다. 작은 슬라바, 바로 큰 슬라브까의 동생이었다. 어떤 이상스런 통찰력으로 류다는 이 보잘것없는 사람이 그녀의 아우렐리오가 될 수 있을 거라고 결정했다. 그녀는 배에 타서 여자 친구들을 밀어내고는 슬라바미르 근처에 앉았다. 그는 빵의 끝조각에 매우 열중해 있어서 그녀가 옆에 있다는 것조차 감지하지 못했다. 그는 벌써 죗니가 다 빠져 빵 껍질은 먹을 수가 없었기 때문에 마지막 조각까지 껍질 안쪽의 연한 부분과 씨름하고 있었다. 류다는 그의 어깨를 잡아 자기 쪽으로 끌어당겼다. 따뜻함, 편안함, 보호를 느낀 소년은 순순히 류다 옆에 바싹 붙어 있었다.

모터가 포효하기 시작했다.

"됐다, 제기랄!"

꼴까가 소리쳤고 배는 얼마나 요동을 쳐댔는지 모두가 앞으로, 뒤로 떨어질 정도로 열심히 요동을 쳐대며 앞으로 나아갔

다. 하지만 약한 프로펠러는 간신히 물을 가르며 마치 스스로에게 재갈을 물린 듯 천천히, 숨막힌 듯 나아갔다.

배는 다리 밑을 지나 큰 물로 나왔고, 방향을 왼쪽으로 틀어 '밝은' 호수와 '힘센' 호수가 만나는 넓은 지류로 나갔다. 지류는 관목 숲과 야생 과실수들이 자라고 있는 평평한 기슭 사이를 흐르고 있었다. 아주 오래전에는 그곳에 과수원이 있었는데 황폐해져서는 더 이상 열매가 맺히지 않는 야생 사과나무들만이 남아 있었다. 그 밭들 뒤쪽으로는 끝없이 이끼들이 펼쳐져 있었고, 나무들은 거의 없었다.

지금 자연은 당황함이 지배하고 있었다. 아침의 냉기가 지나간 후에 찾아온 여름의 열기는 땅에서 자라나고 있는 모든 것을 당황하게 만들었다.

열매가 맺히지 않는 야생 산딸기 나무들은 겨우 눈에 띌 듯한 장미빛이 섞인 하얀 꽃들을 늘어뜨리고 있었고, 야생 사과나무들도 약한 하얀 꽃들로 몸을 가리고 있었고, 왼쪽편 풀밭에서는 다시 새빨간 양귀비꽃들이 피어나고 있었다.

이렇게 온통 뒤죽박죽된 세상은 얼마나 신기한가! 저기 하늘과 땅 사이에 걸린 은빛 거미줄은 헤엄치듯 떠다니고 자홍색 버드나무에서는 꽃봉오리가 부풀어 오르고 자작나무 잎사귀들은 노랗게 단풍이 들고, 사시나무는 자주빛 잎사귀를 떨어뜨리지만 과실수들은 꽃을 피우고 수맥에 물이 올랐다. 오리들과 거위들은 남쪽으로 끌리고 있었지만 꿩들은 짝짓기를 위한 경쟁과 결혼을 봄까지 미루지 않을 것 같았다. 서투르고 끌린 듯한 가을 울음소리 대신에 그들은 격렬한 봄의 음조로 상기되어 있었고, 그 뒤를 암퀭들이 쫓고 있었다. 있지도 않은 이빨을 잘도 부딪히면서!……

그리고 류다 마음에서도 그 봄의 혼란이 일어나고 있었다. 그녀에게는 지금이 가을이고 앞으로 길고 긴 새 학기가 남아서 이제부터는 일요일에만 한가함을 맛볼 수 있다는 사실이 믿어지지 않았다. 그녀에게는 학교와, 학교와 관련된 모든 일들이 어제 들렸던 신비로운 말 '네가 원하는 일이라면, 아우렐리오!……' 라는 음악 속에 갑자기 멈추어진 어린 시절과 함께 저 뒤에 남겨진 것만 같았다. 그리고 지금 그녀의 옆구리에 얌전히 기대고 있는 연인 외에는 그 누구도 그녀를 지배할 수 없었다. 그녀는 천성적으로 삶 앞에서 약하고 소심하고 무기력한 남자들이 그녀의 존경과 믿음으로 강하게 되도록 만들기 위해 그를 존경하고 그를 위해 봉사해야만 하는 것이다.

내릴 곳에서 얼마 멀지 않은 곳에서 모터가 멈추어 버렸고, 꼴까의 모든 노력도 아무 소용이 없었다. 배 바닥에서 노를 꺼내 삼베로 만든 노걸이에다 걸어야 했다. 하나의 노 앞에는 꼴까가 앉았고 두 번째 것은 류다의 몫으로 떨어졌다. 하지만 평상시와는 다르게 류다는 자신의 권리를 거부했다.

"이것 좀 봐. 난 지금 일어날 수가 없다구."

그녀는 잠들어 있는 슬라브까 쪽으로 머리를 숙였다. 그러자 바로 노 앞으로 두 명의 소녀가 와 앉았다. 쏜까와 아름다운 마샤였다. 혼자서는 노를 감당할 수 없었던 것이다.

곧 배는 가볍게 모래에 와 닿았다. 신발을 벗고 바시를 낀이 올린 꼴까는 물 속으로 뛰어들어 배를 강기슭으로 잡아끌었다.

짐들을 내리느라 즐거운 야단법석이 시작되었다. 보따리를 이 빨로 물고 바구니는 팔꿈치에다 건 채 류다는 슬라브까를 들어 올려 매우 신중한 모습으로 그 보물을 뱃머리까지 옮겨 놓았 다. 여자 친구들은 앞다투어 그녀에게 손을 내밀었지만 류다는 단호하게 머리만 내저을 뿐이었다. 그녀는 학교생활을 평온하 게 해나갔지만 더 불편하고 더 힘들수록 더 좋은 것이었다. 게 다가 슬라브까까지 잠에서 깨어나 그녀의 손에서 빠져나오려고 애쓰면서 몸을 뒤채기 시작했지만 류다는 부드러우면서도 단단 히 그의 시도를 차단했다. 그녀는 모래 위로 뛰어내렸다. 뛰어 내리면서 다리를 삐끗했지만 호기를 부린 그녀는 앞 사람을 따 라 강기슭의 풀들이 높이 자란 부분까지 가서야 슬라브까를 땅 에다 소중히 내려 놓았다.

출발하기 전에 먼저 아침식사를 하기로 결정했다. 아이들은 자신들의 보따리를 풀었고 모두에게서는 무엇이든 맛있는 것이 나왔다. 도너츠, 잘 부푼 둥근 흰빵, 잼을 바른 과자, 훈제하거 나 또는 말린 물고기, 병에 든 우유, 사과, 작고 끈끈한 배. 단 지 슬라브까만이 아무것도 없었다. 그는 벌써 오는 길에 커다 란 흰빵과 파, 한 줌의 가루설탕을 모조리 해치워 버린 것이다. 류다는 자신이 가져온 모든 것을 그에게 주었고 그리고도 그녀 는 만족스러운 슬라브까의 시선을 몰래 살피며 여자 친구들로 부터 그의 눈길을 끌고 있는 사탕부스러기들을 얻어냈다.

배가 부른 아이들은 남은 음식들을 보따리에다 넣고 바구니 를 챙겨들고는 떠날 채비를 했다. 그런데 류다는 갑자기 자기 는 가지 않겠음을 선언했다. 슬라브까가 다시 코를 골기 시작

했고 그녀는 그의 잠을 지켜줘야 했던 것이다.

"야, 걔야 어떻게 하든지 내버려둬. 그냥 자빠져 자게."

꼴까가 그녀를 설득했다.

"저런 애가 누구한테 쓸모가 있겠어, 제기랄!……"

하지만 류다는 고집을 꺾지 않았다. 친구들이 떠나고 그들의 가는 목소리들도 잦아들었을 때 그녀는 슬라브까를 흔들어 깨우고는 물놀이로 그를 끌어들이려고 애쓰기 시작했다.

"싫어!……"

슬라브까는 심술이 나 머리를 흔들어댔다. 류다는 물 속으로 들어갔고 발 밑으로 미끈거리고 모서리가 날카로운 민물 굴을 찾아내고는 소리쳤다.

"야, 여기 조개가 정말 많네! 먹을 수도 있겠는걸!……"

슬라브까는 쪼그리고 앉았다가는 일어나서 비틀거리며 몇 걸음 물 쪽으로 다가왔다.

"이건 민물굴이야!"

류다는 기뻐 소리질렀다.

"이걸 삶으면 둘이 먹다 하나 죽어도 모를걸!"

"수영하고 싶어!"

슬라브까가 징징거리는 목소리로 말했다.

어머니에게서 먹을 것을 졸라 얻어내면서 그는 거절당하는 일에 익숙했으므로 그의 모든 바람은 눈물로 먼저 호소하는 버릇이 있었다.

"네가 원하는 일이라면, 아우렐리오!"

마침내 류다는 오랫동안 그녀를 괴롭혔던, 마음 속에 품어온

말을 내뱉었다.

그녀는 그에게서 어머니가 만들어주신 찢어진 셔츠와 팬티를 벗겨내고 물 속으로 들어오는 것을 도와 주었다.

"이런, 넌 배만 키웠구나!…….

하지만 슬라브까는 자신의 배에 만족해했다. 그리고 류다는 보통 여자로서의 마지막 제물을 바치고 아우렐리오의 여인이 되었다. 마치 아우렐리오의 여인처럼 그녀는 천천히 옷을 벗었고, 마치 아우렐리오의 여인처럼 손을 머리 뒤로 올린 채 얌전히, 그러면서도 부끄럼없이 강변에서 나와 차가운 물 속으로 가라앉아 들어갔다. 마치 아우렐리오의 여인처럼 노란 수련으로 화관을 만들기도 했다.

슬라브까는 민물굴을 찾지 못했고 그대신 물만 잔뜩 들어마시고는 추위에 떨며 우는 소리를 냈다.

"수영하기 싫어!……"

"네가 원하는 일이라면, 아우렐리오!……"

그녀는 슬라브까를 물에서 끄집어내 강변에 세웠다. 그는 시무룩하게 옷 쪽으로 다가가서는 셔츠를 껴입고 다리를 털어대면서 팬티를 입기 시작했다.

류다는 저쪽 강기슭까지 헤엄쳐 갔다가는 다시 돌아왔고 연인의 시선을 받으며 다시 아우렐리오의 여인이 되어물 속에서 나왔다. 원피스를 잡아당겨 오랫동안 가슴의 단추를 잠그고 민물굴 냄새가 풍기는 화관을 던져 버리고는 손가락으로 머리카락을 매만지고 귀 뒤로 곱게 넘겼다. 자신의 열려진 아름다운 얼굴을 느끼며 그녀는 위로 올라왔다.

슬라브까는 자신에게 주어진 위력을 의심하지 않았지만 꽁꽁 얼어 있었고, 배가 고팠기 때문에 먼저 거부에 대비해서 눈물 섞인 목소리로 말했다.

"뭐 먹고 싶어—어……!"

"네가 원하는 일이라면, 아우렐리오!"

이미 준비되어 있던 대답이 울려 퍼졌다. 무엇인가가 슬라브까의 마음을 건드렸다. 세상은 그와 함께 속임수를 쓰는 놀이들 중 하나를 하고 있고, 이 이후로도 오랫동안 주위를 둘러싼 것들에 대한 지나친 신뢰라는 이름으로 사람을 무장해제시킬 것이다. 그래서 슬라브까는 여전히 조심성을 지키면서 이 이야기 속으로 들어갔다.

"부드러운 흰빵이라도 먹었으면……"

그는 자신없는 목소리로 작게 말했다. 류다는 과도한 성의를 보이며 커다란 호밀빵 한 쪽을 집어들어서는 소금을 잘 뿌린 뒤 망아지에게 주듯 슬라브까의 손에 건네 주었다.

빵을 먹어치운 슬라브까는 좀더 울음 섞인 소리로 말했다.

"케이크 먹고 싶어…… 산딸기 잼 바른!……

그는 산딸기 잼을 바른 작은 케익 조각을 받아들었고 그의 권위는 때가 묻었다. 그는 곧 잼 바른 과자를 원했고 그의 바람은 충족되었다.

"소시지!"

슬라브까는 말했고 그의 어린 아이 목소리에서 금속성 소리가 울리기 시작했다.

"네가 원하는 일이라면, 아우렐리오!……"

"가루설탕!……"

류다는 마치 주인인 듯이 여자 친구들의 보따리를 풀어헤쳤다. 아우렐리오는 굶주렸고, 그녀는 그의 굶주림을 해결해 주어야만 한다. 모든 것은 간단했고 더 이상은 아무 의미도 없었다. 그녀의 눈은 위험하게 작아졌고 반짝거리기 시작했다. 누구든 뭐라고 쫑알대기만 해보라지!……

손에 신문으로 깔대기를 만들어 든 슬라브까는 거기다 설탕 한 줌을 넣고는 그것을 입 쪽으로 가져갔다. 그녀의 아우렐리오는 힘겨운 하루의 농사일을 마치고 음악과 춤에 둘러싸여 만찬을 들고 있는 것이었다. 남자답게 탐욕스럽고, 남자답게 강하고, 남자답게 식욕있게 그는 그에게 준비된 간단하고 향기로운 음식들을 먹어치우고 있었다.

배부르고 달콤한 음식들로 취한 슬라브까는 류다에게로 기대 그녀의 무릎에 희끗희끗하게 흰 머리칼이 섞인 머리를 뉘었다.

"먼지 털어 줘……"

"네가 원하는 일이라면, 아우렐리오!……"

류다의 가느다란 손가락들은 재빨리 먼지가 앉은 그의 짤막하고 밝은색 머리카락들 사이를 뛰어다니기 시작했다. 슬라브까는 졸기 시작했고 짧은 꿈 속에서 훌륭한 대접을 받고는 다시 허기지고 요구하는 자가 되어 잠에서 깨어났다.

"먹고 싶어!……"

그는 아직 무엇을 요구할지도 모른 채 시작했다.

류다는 연인의 모든 변덕을 다 받아 줄 준비가 되어 자리에서 벌떡 일어섰다.

"정어리가 먹고 싶어!……"

슬라브까는 우물쭈물 말했다. 그는 곧 정어리 머리와 꼬리를 받았다. 꼬리는 슬라브까가 쉽게 처리할 수 있어서 재빨리 가시를 발라냈지만 머리는 시간과 집중을 요구했다. 생선 머리 아래서 절여진 모든 맛있는 것들을 꺼낸다는 것은 쉬운 일이 아니었다.

슬라브까가 정어리 머리와 씨름하고 있을 때 류다는 나즈막히 노래부르며 커다란 우엉 잎사귀로 부채질을 해주고 있었다.

바람의 날개를 타고 날아라
너, 고향 마을의 끝까지
우리의 쉬운 노래야!……

그녀 또한 깐차즈 무리 속에 있는 러시아 아가씨 같은 포로였던 것이다. 하지만 그녀의 예속은 행복했고, 그녀가 진 멍에는 가볍고 강한 연인의 팔이었다. 그리고 그녀의 노래에는 우울함과 슬픔이 없었고 그 노래는 아우렐리오의 포옹 속에 그녀의 행복을 싣고 날아가고 있었다.

슬라브까는 정어리 머리를 다 먹어치우고 텅빈 아가미 두 쪽을 내던지고는 옷소매로 더러워진 입을 쓱 닦았다. 그리고는 그의 얼굴 근처에서 흔들리고 있는 우엉 이파리를 밀쳐냈다. 그의 눈은 다시금 새빨간 빛으로 타오르기 시작했다.

"케익이 먹고 싶어…… 산딸기 잼을 바른!……"

하지만 이제는 과일 잼을 넣은 케익도, 산딸기 잼을 넣은 케익도, 요구르트를 넣은 케익도 없었다. 단지 가지를 넣은 케익이 한 조각 조금 남아 있었을 뿐인데도 슬라브까는 가지에 대해서는 듣는 것조차 싫어했다.

"산딸기 잼!⋯⋯산딸기 잼을 바른 게 먹고 싶단 말이야!"

그러자 그 순간 류다에게서는 이빨이 날카롭고 뚱뚱한 굼벵이를 균형 잡히고 다리가 길고 거무스름한 신으로 변해 보이게 하는 신비한 안경이 벗겨져 나간 것 같았다.

"산 따−알기−재−앰!

슬라브까는 시끄럽게 졸라댔다.

"네가 원하는 일이라면, 아우렐리오!"

류다는 기계적으로 대답했다.

코흘리개 슬라브까가 아우렐리오를 대신했으니 싱아가 산딸기 잼을 바른 케익을 대신하는 것도 충분히 가능한 일이었다. 류다는 두 손으로 넉넉히 싱아의 질긴 잎을 뜯어낸 다음 간교하게 슬라브까에게 이야기했다.

"눈을 감고 입을 벌려 봐."

슬라브까는 있는 힘껏 실눈을 뜨고 아무런 의심없이 작은 장미빛 입을 열었다. 류다는 거기다 싱아를 집어 넣고는 가볍게 슬라브까의 턱을 닫았다. 그는 아무 생각없이 몇 번 씹는 동작을 하고는 공포로 검어진 눈을 떴고 녹색 즙이 그의 입 밖으로 흘러내렸다. 그는 처음에는 확신없이 어설프게 울기 시작하더니 나중에는 점점 더 집요하게, 화가 나서 흐느껴 울기 시작했다.

"이제 제발 좀 그만 해!"

몸을 부르르 떨며 류다가 말했다.

슬라브까는 절망에 찬 울음소리로 대답했다.

"네가 어떻게 알겠니, 아우렐리오."

류다는 말했고, 아이들이 저기 돌아오는 소리가 들렸다.

그녀는 주먹을 쥐고 벌떡 일어섰다. 아이들의 바구니들은 꽉 차 있었고 위는 텅 비어 있었다. 그들은 보따리로 향했다. 모두 의 놀라고 실망에 찬 시선에 류다의 콧구멍에선 분노에 찬 콧 바람이 획획 뿜어져 나왔다. 아이들이 화가 난 목소리로 그들 의 모든 식량들이 어디로 사라졌냐고 물으며 그녀에게 다가섰 을 때, 류다는 그들을 단호하고 어둡게 그리고 위험하게 쏘아 보았다.

"어디서 귀찮게 난리들이야?…… 어디로!…… 어디로!…… 저기 어디 산 뒤에 가서나 찾아 보시지!"

집으로 돌아갈 채비를 했을 때는 벌써 낮이 저녁으로 변해갈 무렵이었다. 슬라브까는 배 뒤쪽에서 주먹을 머리 밑에다 괴고 졸고 있었고, 소녀들은 잎사귀와 먼지들을 털어내면서 산딸기 를 고르고 있었다. 꼴까는 모터를 돌렸고 이 모터는 일을 하다 또 가끔씩 소리를 죽였다 했다. 류다는 물 속에다 손을 담그고 깊이 생각에 잠겨 있었다.

지류로 빠져나오면서 아이들은 호수에 앉아 있는 백조를 보 았다. 한 쌍의 백조와 한 쌍의 흑조. 백조들은 봄과 가을에 하 는 이동을 하다가 까뉴쉬꼬보 섬 위를 지나가게 되었던 것이지 만, 아주 높은 위치에서는 황새들과 거의 차이가 나지 않았다. 처음으로 류다의 눈 앞에서 그 아름다운 새들은 휴식을 취했 다. 물 위에서 단정하게 균형을 잡고서 그들은 갈대가 우거진

만근처를 천천히 헤엄쳐 다녔다. 그렇게 크고, 깨끗한 타지에서 온 그들은 넋을 앗아갈 정도로 아름다웠다. 갑자기 그들은 날개를 퍼덕이더니 넓고 웅장하게 물 위를 날아올랐다. 처음에는 흑조가 그 다음에는 백조가. 그들은 마치 자신들의 환한 옷을 입은 천사 같았다. 태양은 그들에게 부드러운 금빛을 퍼부었지만 깨끗한 백색을 겨우 건드린 황금은 그 속에서 찬란한 은빛 반짝임으로 변해버렸다. 하지만 흑조들에게서 이 반짝임은 마치 그대로 삼켜지는 듯했다. 흑조들은 창백한 하늘색을 배경으로 더 도드라져 보이는 듯하더니 지금은 그저 백조들의 그림자처럼 보일 뿐이었다. 높이, 더 높이 날아 올라간 백조들은 자신들의 비행경로에 올라 이별의 플루트 소리를 울리며 사라졌다.

"저기, 얼마 전에 이런 일이 있었대."

꿀까가 갑자기 깨끗하고 부드러운 목소리로 이야기하기 시작했다.

"백조 한 마리가 날아가다가 안테나에 날개를 부딪혀서 다쳤대. 그래서 도시 한복판에 있는 연못으로 바로 떨어졌는데, 그 백조랑 짝이던 다른 백조도 같이 내려와서는 날개로 그 다친 백조를 보호하기라도 하려는 것처럼 그 주위를 뱅뱅 날아다녔대. 주위에는 사람들, 시끄러운 소리, 또 전차소리까지 울려 댔었다는데, 그게 어디 야생 백조들한테 어울리는 장소겠어? 그런데도 그 백조는 날아가지 않고 다친 백조랑 남았대……. 정말 백조들은 의리 하나는 끝내주는 것 같지 않니?"

"맞어, 네가 말한 대로야."

류다가 조용히 말했다.

"그 다친 백조가 남자 백조고 남아 있었던 게 여자 백조였어?"

"그건 모르겠다."

꼴까가 생각에 잠겨 말했고, 그의 일상적인 얼굴 모습 사이로 아우렐리오의 부드러운 모습이 겹쳐졌다.

"언젠가 수놈들한테 그런 의리가 있다고 들은 것 같긴 한데…… 에잇 제기랄!"

이것은 꼴까가 남아 있던 열기를 재채기로 날려 버리고 완전히 잠잠해져 버린 모터에다 대고 한 말이었다.

이번에 류다는 노를 친구들에게 양보하지 않았고, 꼴까가 겨우 따라올 수 있을 정도로 열정적으로 노를 저었다. 류다가 너무 힘있게 노를 저어대는 바람에 배는 자꾸 꼴까 쪽으로 돌아갔고 그래서 꼴까는 화를 내기도 하고 기뻐하기도 하면서 마르고 단단한 몸뚱이에서 있는 힘을 모두 다 짜내었다. 빠르게 달려온 배는 솜씨있게 선창에 도착했고 멀리 기슭까지 끌어올렸다.

슬라브까는 아직도 잠에서 깨어나지 않고 있었다.

"애 좀 집까지 데려다 줄래?"

쏜까가 류다에게 부탁했다.

류다는 그녀를 이해하지 못하는 듯한 먼 눈길로 바라보고는 배에서 뛰어내렸다.

집으로 다가가면서 류다는 걸음을 늦추었다. 류다는 스스로도 그녀의 걸음걸이가 경쾌하고 장난스럽게 변하는 것을 눈치 채지 못했다. 현관 난간으로 몸을 숙이고 어머니는 지나가는 사냥꾼들과 이야기를 나누고 있었다. 사냥꾼은 다리를 세우고 채찍으로 장화목을 툭툭 치고 있었다. 어머니가 사냥꾼 쪽으로 몸을 숙이기라도 했더라면……. 그녀의 대화는 단호하고 배타적이었다.

"그러시기도 하겠구려!…… 그것도 말씀하시구랴!……"

또 싸우고 있다는 뜻이다. 어머니의 얼굴은 불타고 있었고, 지금 그 얼굴은 특별히 아름다워 보였다. 커다랗고, 거무스름 하면서 붉은 얼굴, 땋은 머리, 강하게 깎여진 광대뼈, 반짝이는 눈 밑의 밝은 피부. 지금 류다에게는 어머니가 사냥꾼에게 보인 무의미한 적의가 더욱 부끄럽게 느껴졌다.

"가서 빨랫감들 좀 대충 씻어가지고 와라!"

어머니는 겨우 류다를 보자마자 소리쳤다.

"내일 사냥꾼들이 온단다."

'엄마가 가서 해. 엄마가 돈 받잖아!' 이렇게 말할 뻔한 류다는 이 단호한 말들을 겨우 입 속에 움켜 담았다. 그리고 어머니에게 여성의 온순함에 대한 훌륭한 예를 보여 주면서 대답했다.

"예, 엄마. 시키는 대로 다 할께요.……"

배에서는 슬라브까가 잠에서 깨었다. 그는 불편하게 잠을 자서 볼이 눌리고 목이 돌아갔다. 그래서 깨어남이 그에게 기쁨을 주지 못했다. 그는 힘들게 배 밖으로 나와 거기 있던 류다를 보았다. 슬라브까는 씩 하고 웃고는 그의 비틀거리고 꾸부정한 걸음걸이로 두 팔을 벌리며 그녀에게로 다가왔다. 하지만 그녀는 혐오스러움에 가득 찬 눈빛으로 그를 바라보고는 짧게 소리쳤다.

"저리 꺼져!……"

류다가 빨랫감을 들고 집으로 돌아왔을 때, 어머니는 마당에다 빤 시트를 널고 있었다. 그녀는 그것들을 줄 위에다 널고는 까치발로 서서 빨래집게를 꽂고 있었다. 사냥꾼은 울타리 옆에 서서 아직도 장화목을 채찍으로 치고 있었고, 어머니는 그에게 이따금씩 무언가 화가 나고 한결같은 말들을 던지고 있었다.

"너 뭐요!…… 가요!…… 이것도 죄다 얘기하시구랴!……"

'네가 원하는 일이라면, 아우렐리오!' 류다는 소리없이 말하고는 대야를 현관 앞에다 놓고 문 뒤로 빠져나왔다. 마침 마지막 노을이 지는 시각이었고, 날이 따뜻할 때는 얼마나 빛이 아름다운지 모른다. 다리는 마치 류다를 마을에서 멀리, 고독 속으로 이끄는 것 같았다. 마을 어귀, 사냥꾼들의 음악 속에서 손에 빈 술병을 든 음악지기 마뜨베이치가 뛰어나왔다.

"어디 가니, 바람난 아가씨야?"

그는 유쾌하게 물었다.

"보드까 사러 가는 거 아니니까 걱정마세요!"

날카롭게 대답이 울려퍼졌다.

노인은 당황했고, 류다도 즉시 마뜨베이치가 남성이라는 약하고도 멋있는 성에 속한다는 사실을 기억해 냈다.

"화내지 마세요, 마뜨베이치"

그녀는 말하며 까맣게 검버섯이 앉은 노인의 손을 어루만졌다.

"나도 내가 무슨 말을 하는지 모르겠어요……"

"너 잘 해라"

생각에 잠겨, 그리고 조금은 슬픈 듯하게 노인이 중얼거렸다.

시간은 얼마나 빨리 흘러가 버리는지…… 네가 얼마 전만 해도…… 그런데 벌써 시집갈 나이가!……

그리고는 고개를 가로저으며 마뜨베이치는 자기 길로 갔다. 류다는 기뻐해야 할지 아니면 슬퍼해야 할지 모른 채 노인의 뒷모습을 지켜 보았고, 그러다 그녀의 가슴 속에서 터져나온 행복에 가득 찬 웃음이 스스로 결정을 내렸다. 이것은 새로 태어난 여성성이 스스로에게 인사를 한 것이었다.

류다는 오솔길을 따라 걸었다. 그녀는 섬 전체를 뛰어다니고 싶었고 다시 한번 묘지에, 기슭으로부터 길게 뻗어나간 여울에, 섬의 다른 쪽 편에, 측지대에, 삼면으로 자란 느릅나무 숲에 가보고 싶었다. 악한 쐐기풀들이 자라는 마을 뒤의 계곡으로도 내려가 보고 싶었고, 산토끼들이 사는 계곡 뒤 관목 숲에도, 전설에 의하면 배신당한 처녀가 몸을 던졌다는 그 절벽에도 가보고 싶었다…….

피로에 지쳐 반쯤 죽은 듯한, 소나기를 맞은 것처럼 젖고 졸음에 겨워 몸도 느끼지 못할 만큼 가벼워진 류다가 집으로 돌아왔을 때, 어머니는 현관에서 사냥꾼에게 박정한 마지막 말을 덧붙이고 있었다.

류다는 장님처럼 그들 옆을 지나 침대 위에 무너져 내렸다.

축제 전날

축제 전날

오늘은 나따샤가 제일 먼저 잠에서 깼다.
이것은 아주 예외적인 일이었다. 늘 제일
먼저 잠에서 깨어나는 것은 어머니였으니
까. 하지만 지금 어머니는 침대 위에 덩치
큰 몸을 쭉 편 채 아직도 잠들어 있고, 그
녀의 겨드랑이 아래에서는 마치 둥지 속에
자리잡은 것처럼 비찌까가 몸을 웅크린 채
잠들어 있었다. 위쪽으로 향한 어머니의 얼
굴은 약간 붉으스름하고 거무스름한 듯도
했지만 마치 유약을 바른 듯 윤기가 흐르고
있었고 진홍색의 새빨간, 단단한 입술은 크
게 열려져 있었다. '우리 엄마는 정말 예
뻐!' 나따샤는 기쁜 마음으로 잠시 생각에
잠겼다.

밝은 하늘색 새 차 '마스끄비치'를 타고 어
제 도착했던 두 명의 이탄 기술자도 바짝
붙인 두 개의 간이침대 위에서 아직 자고

있었다. 이불 밑에서 두 개의 정수리가 삐져나와 있었다. 회색으로 빛나는 것은 아레스뜨 뻬뜨로비치, 검은 것은 그와 함께 온 그 처음 보는 손님.

나따샤가 자는 침대에는 두 주먹을 꽉 쥐고 베개에 파묻혀 깊은 숨을 내쉬며 열한 살짜리 동생 꼴까가 자고 있었다. 나따샤는 꼴까의 등뼈를 따라 손가락을 살짝 대고 쭉 선을 그었다. 동생은 몸을 움찔했지만 깨어나지는 않았다.

나따샤는 장난스럽게 웃었다. 그리고 그녀는 지금 이렇게 일찍 잠에서 깨어난 것이 행복감 때문이라는 것을 깨달았다. 그 행복은 꿈 속에서 그녀를 찾아왔다. 그녀는 무엇 때문에 이렇게 행복한 것일까? 내일이 5월 1일 축제, 그래서 오늘부터 학교에 가지 않아도 되기 때문일까? 아니면 낚시철이 시작되어 조용한 시골 마을에 낚시꾼들이 구름떼처럼 몰려들기 시작했기 때문일까? 그것도 아니면 아버지가 자신의 좁고 길쭉한, 칠면조 고기를 넣은 만두처럼 생긴 보트를 위해 마침내 구입한 새 모터를 달아 보트를 태워 주겠다고 약속했기 때문일까? 아님, 어제 그녀는 꼴까와 한 모든 놀이, 돌차기, 자치기, 나무토막

쓰러뜨리기, 숨바꼭질에서 압승을 거두었기 때문일까? 그것도 아니라면 이 모든 이유들 전부 때문이었을까, 아님 그것 외에 뭔가 분명하지 않은, 가벼우면서도 가슴을 아프게 하는 무엇, 그녀에게는 이름 붙이기 어려운, 그리고 뭐라 이름 붙이기 싫은 그 무엇 때문이었을까?……

나따샤는 침대에서 폴짝 뛰어 바로 발에 익은 스포츠 샌들 위로 떨어졌다. 벌써 2년 전에 엄마가 만들어 준 작은 원피스를 늘여 입다 그녀는 자기도 모르게 이제 벌써 봉긋해진 단단하고 따뜻한 가슴에 손을 대고 말았고, 그리곤 얼굴을 붉히고는 쏜살같이 부엌으로 달려갔다.

난로 위에서는 사라사로 만든 커텐 뒤로 밤 근무에서 늦게 돌아오신 아버지가 잠들어 있었다. 소리내지 않으려 애쓰며 나따샤는 함석판으로 만든 세면대 밑에서 재빨리 세수를 하고 거리로 미끄러지듯 빠져나왔다.

이곳은 이제 얼마나 많이 푸르러졌는지! 어제는 토담 옆에 심어져 있는 구즈베리만이 빽빽하게 자란 작은 잎새들로 푸르렀었는데 지금은 강뚝의 버드나무 숲도 푸르고, 반짝버들과 강 저쪽편 높은 뚝 위의 늙은 자작나무들도 잎사귀들을 펼치고 있었다. 이전에는 한번도 이런 일이 없었다. 자작나무는 항상 버드나무보다도 많이 늦었었는데 지금은 벌써 강을 덮개로 씌운 듯이 나뭇잎이 둘러쳐져 있었고, 아직 잎을 틔우지 못한 자작나무들은 부풀어오른 새순들로 연보랏빛을 띄고 있었다. 어제 내린 소나기가 이 모든 것을 만들어 놓았을까? 소나기는 하루종일, 저녁 늦게까지 거칠게 퍼부어 댔었다. 사납고 따뜻한 빗

줄기들은 큰 호수에서 만들어져 모스크바와 야로슬라블 쪽에서 와서 우리 마을 바로 위에서 쏟아져 내렸었다. 폭우가 잦아들어 톡톡 소리를 내는 굵은 빗방울로 변했을 때, 하늘은 흐린 노란 빛깔로 칠해져 마치 먹구름 뒤에 새로운 소나기가 터져나올 듯 모여 있는 것 같았다. 땅은 무덥고 후텁지근하게 흐려 보여 땅 위의 풀들도 겨우 알아볼 수 있을 지경이었다. 그러다 잠시 후 하늘이 금속성 섬광으로 번쩍이더니 단절적인 천둥소리가 파도를 이루어 달려 왔고, 그 소리가 채 잦아들기도 전에 가느다란 번갯불이 번쩍였다. 하늘은 산산조각으로 쪼개졌고 곧 폭우가 몰아쳤다. 그런데 소나기가 가장 사나웠던 그 순간에도 하늘 어느 구석에서는 깨끗한 푸른 한점, 태양이 내려다 보는 작은 창문이 남아 있어 소나기가 그렇게 두렵지는 않았다. 모든 것이 그 뒤에 찾아올 무언가 즐거운 일을 예고하고 있는 것 같았다……

이른 시간이었는데도 마치 태양이 대지를 바싹 구워 놓은 것처럼 땅은 자극적이고 강한 냄새를 풍기고 있었다. 정작 태양은 아직 저 멀리 보이는 전나무 숲 울타리 위로도 떠오르지 않아 전나무 꼭대기의 십자가 모양을 한 나뭇가지들이 황금색 배경 속에 석탄처럼 검어 보이고 있었는데도 말이다.

나따샤는 집을 돌아나와 강쪽으로 경사가 져 있는 밭으로 나왔다. 찌르레기들이 자신들의 둥지를 짓기 위해 온갖 잡동사니들을 모으며 이리저리 돌아다니고 있었다. 그들은 이 일을 매우 꼼꼼하고 탐욕스럽게 한다. 여기 한 놈이 닭 깃털 하나를 낚아채고도 자신의 작은 집으로 날아가지 않았다. 그 녀석은 돌돌 말린 대팻밥을 하나 더 물었다. 그래도 녀석에게는 아직 적어보이나 보다. 호기를 부린 그 녀석은 부리로 빨간 걸레 조각을 하나 더 잡고서야 날개를 퍼덕이더니 풀쩍 뛰어올라 땅 위로 낮게 날아 옆집 마당으로 사라졌다.

다리 뒤로는 벌써 낚시꾼들의 가는 낚싯대들이 공기 중에 검게 보이고, 모닥불 연기가 뭉게뭉게 솟아 오르고 있었다. 나따샤는 언덕 위로 올라가 소리내어 손뼉을 쳤다. 다리로부터 강을 따라 위쪽으로 눈에 보이는 데까지는 양쪽 강변이 모두 강태공들로 빼곡이 메워져 있었다. 그리고 그쪽, 움푹 패인 곳에 모래밭이 넓게 펼쳐져 있는 그 푸른 강변에는 50여 대 가량의 승용차, 화물차, 버스, 오토바이 들이 세워져 있었다. 나따샤는 강쪽으로 달려갔다.

마리야 바씰리예브나는 딸보다 조금 늦게 잠에서 깨었다. 그녀는 고개를 뒤로 젖히고 누워 있었던 탓에 숨 쉬기가 편하지 않았고, 그래서 그녀는 자신이 물에 빠져 있다고 생각했던 것이다. 커다랗고 축축한 한숨과 함께 그녀는 벌떡 일어나 침대 위에 앉았다. 주위의 모든 것은 일상적이고 눈에 익고 사랑스럽고 안전했다. '늙어빠진 바보 같으니라구!' 그녀는 친숙하게 자신을 불렀다. 그녀는 자신 속에 숨겨진 이상한 것들을 존경했다. 이상한 꿈이라든지, 느닷없이 찾아드는 우울, 또 참을 수 없이 터져나오는 웃음 같은 것들. 그녀는 그런 것들에서 누구의 손길도 닿지 않은 내면적 삶의 숨겨진 양감을 느꼈다. 그리고 다른 사람들에게는 그런 일들이 일어나지 않는다고 그녀는 생각했다. 그녀가 자신 속의 그 '타인'을 부드럽게 꾸짖고 있는 동안 이미 그녀의 매일의, 일상의 이성은 그녀의 주변에서 작동되기 시작했다.

나따샤는 없다. 차도 마시지 않은 채 달려나가 버렸다……. 꼴까는 왼쪽 옆으로 누워서 잔다. 그러니까 깨어나려면 아직 멀었다는 뜻이다. 그는 꼭 어머니처럼 잠에서 깨어났다. 처음에는 왼쪽 옆에서 오른쪽 옆으로 돌아눕고 그 다음 똑바로 등을 대고 눕는다. 그러면 그와 동시에 잠을 놓쳐 버리고 마는 것이다……. 비찌까는 꿈 속에서 무언갈 중얼거리며 손으로는 시트를 비비 꼬고 있었다. '녀석이 아직도 자동차를 닦고 있구나!' 마리아 바씰리예브나는 그 모습을 머리에 그려 보았다. 번쩍거리는 새 차 '마스끄비치'에 매료된 그는 어제 저녁 내내 완전히 녹초가 될 때까지 차의 더러워진 옆구리를 닦아 댔었다. 비찌까의 힘이란 것이 아직 약해서 그는 더 때를 묻히기만 했지만 차 주인인 중년의 엔지니어 아레스뜨 뻬뜨로비치는 그를 방해하지 않았다. 일하게 내버려 두지 뭐…… 작년부터 무슨 일이 있었는지 아레스뜨 뻬뜨로비치는 얼굴이 비쩍 마르고 눈 밑은 푸르게 변했다. 8년 전 그가 처음으로 이곳에 왔을 때는 얼마나 늠름하고 멋있었는지! 선량하고, 단단한 몸매에 비록 백발이 성성하긴 했지만 검은 눈썹에 검은 눈에……. 그가 자신의 검은 눈으로 마리야 바씰리예브나를 바라볼 때면 언제나 그녀 속에 자리잡은 그 '타인'이 그녀에게서 나타났다. 걷잡을 수 없는 웃음이 그녀를 사로잡기도 하고, 또 눈물을 글썽이기도 하고 아무튼 모든 걷잡을 수 없는 감정들이 갑자기 튀어나오곤 했다. 물론 그들 둘 사이에는 아무 일도 없었고, 그녀는 자신의 스쩨빤을 배신하는 일은 꿈에도 하지 않을 터였지만 어쨌든 추억에 잠긴다는 건 유쾌한 일이다. 그때부터 그는 항상 나따샤네 집에서 머물러 왔다. 작년에 여행객들을 위한 작은 여인숙이 문을 열었지만 아레스뜨 뻬뜨로비치는 여전히 그들에게 묵을 곳을 청했다. 이미 익숙해진 것이다. 머물게 하자, 좋은 사람에게는 자리를 내주는 것이 아깝지 않으니.

마리야 바씰리예브나는 두 주먹을 맞부딪혀 보고는 바닥으로 내려섰다. 치마를 머리로부터 뒤집어 써 입고 항상 진동선이 틀어져 있는 윗도리를 엄청나게 큰 가슴 부위에서 간신히 여미고는 목 부분이 약간 잘려진 부츠를 신었다. 그리고는 스스로도 자신의 풍만함과 전신의 체중에 놀라면서 아주 오랫동안 기운차게 기지개를 켜며 뼈 마디마디가 내는 소리에 달콤하게 귀 기울였다. 무엇이 그녀가 이런 몸매를 갖게 했을까! 뼈대는 컸을지 몰라도 그녀는 항상 야위었었고, 유년 시절에는 정말 말라깽이였었다. 정말이지 그녀는 전쟁통에 내내 굶주렸고, 그래 한마디로 말해 굶주렸었다. 그들의 시골 마을은 독일군들이 불태워 버렸고, 아버지는 전쟁이 발발하자마자 전사했고, 어머니는 폭격으로 돌아가시고, 그녀는 고령의 할머니와 함께 2년 동안 시골 마을을 전전했다. 그러다 할머니마저 돌아가시자 그녀는 철로의 침목을 찾는 일꾼으로 일하게 되었다. 그곳에서 그녀는 스쩨빤과 만나게 되었다. 그는 얼마전 병원에서 나와 역시 그곳에서 침목 쌓는 일을 하고 있었다. 두 명의 외로운 사람들은 자신들의 운명을 함께하기로 했다. 그녀는 시금까시도 그가 그녀를 돌봐준 건 동정심 때문이라고 생각하고 있다. 그가 생선가시처럼 마른 처녀를 사랑할 수는 없었을 것이라고. 그가 그녀를 사랑하기 시작한 것은 훨씬 더 늦게 그녀가 그의 몸 속으로 들어오면서부터였다. 곧 그들에게선 나따샤가 태어났지만 그 어디에도 살 곳은 없었다. 스쩨빤은 마을에 그의 숙모 할머니가 살고 계심을 생각해내고는 그녀에게 그들 가족을 받아 주지 않겠냐는 편지를 띄웠다. 곧 답장이 왔다. 할머니는 건강이 매우 좋지 않으며 거의 일 년 가까이 걷지도 못하고 있다고, 그러니 낯선 사람을 들이는 것보다는 친척이 들어와 같이 사는 게 더 낫겠다고, 그렇게 쓰고 있었다. 이 조용하고 우울한 편지는 이상하게 끝을 맺었다. '필승! 너의 할머니 페끌라 찌모페예브나' 나중에 안 일이지만 이 편지는 할머니 대신 퇴역한 특무상사가 썼다고 했다.

악화된 병세에도 불구하고 할머니는 그렇게 오래도록 살아남아 자신이 스스로에게조차 짐스러워질 지경이었다. 그녀는 매일매일 신에게 제발 좀 데려가 달라고 기도했지만 신은 그녀의 기도를 못 들었음이 분명했다. 그들에게는 이제 꼴까도 태어났고, 천천히 그리고 힘겹게 죽어가는 사람 옆에서 어린 아이를 키운다는 것은 매우 힘든 일이었다. 마침내 할머니가 괴로운 삶을 마쳤을 때 그들은 일주일 동안이나 그 오두막에서 가련한 영혼을 내보내기 위해 통풍을 시켰었다. 이제는 사람답게 살 수 있을 것이라고 생각했다. 그런데 엎친 데 덮친 격으로 노파의 법적인 상속인은 그녀의 늙은 딸과 그 남편, 기차를 타고 떠돌아 다니는 장님들이라는 것이었다. 마리야 바씰리예브나는 지금도 이 생각을 하면 가슴이 싸늘히 식어오는 것을 느

낀다. 그 비 내리던 어두운 밤에 지팡이로 바닥과 문지방, 벽을 톡톡 치며 검은 안경을 쓴 두 명의 노인이 집안으로 들어왔었던 때를. 장님들은 오래 있지는 않았다. 그들은 손더듬으로 노파의 유품을 살펴 보았고, 차주전자의 관이 타버렸다는 것을 알자 무엇 때문인지는 알 수 없지만 어쨌든 그들이 새 관을 보관하고 있다는 벤자로 떠났다. 마리야 바씰리예브나는 두 명의 늙은 장님이 차주전자 관을 가지러 그런 여행을 떠난다는 사실을 믿을 수가 없었다. 하지만 나중에 그녀는 알게 되었다. 철길을 따라 떠돌아 다니는 삶은 그들에게 손실을 가져다 주는 것이 아니라 이익을 가져다 준다는 것을. 장님들은 마치 소용돌이 속으로 가라앉아 버린 것처럼 그렇게 영원히 떠나 버렸다. 마리야 바씰리예브나는 오랫동안 그런 행복을 믿을 수가 없었고 창틀을 때리는 바람소리, 삐걱거리는 문소리에 매번 몸을 떨곤 했다. 하지만 곧 자신의 행복을 믿었고, 기쁨 속에 비찌까를 낳았다. 스쩨빤은 그 무렵 처음에는 기관차 화부 일을 배웠고, 그 후에는 기관차 조수일을 배웠다. 중요한 것은 삶이 점점 나아지고, 더 현명해지고, 또 더 넉넉해진다는 것이었다.

거울 앞에서 숱 많고 굵은 머리카락들을 손질한 후 마리야 바씰리예브나는 집안일들을 하기 시작했다. 그녀는 차주전자에 남아 있던 물을 따라내고 새 물을 부었다. 그리고는 구리로 된 주전자의 몸통을 걸레로 문지르고는 도끼로 장작을 팰 준비를 했다. 그녀의 몸동작은 여성스럽지 않았고, 강하고 대담하고 거칠었다. 그녀는 꼭 필요한 물건만 집어내는 데 성공하는 일이 극히 드물었고, 언제나 그녀는 여분의 물건까지를 함께 낚아챘다. 그래서 이번에도 도끼를 꺼내려 몸을 쭉 빼고는 난로 속에서 어떤 잡동사니를 함께 빼내는 바람에 장작을 하나 꺼내자 장작더미가 모조리 무너져 버렸다. 그녀의 넘치는 힘은 침목을 깔 때도 침목의 방향을 돌려 놓게 했다. 그래도 그녀는 온갖 자잘한 물건들로 가득한 집안일을 돌볼 때보다는 무얼 한들 능숙하지 않으랴 생각했었다. 그녀는 자신 뒤에 서 있는 이 '타인'을 잘 알고 있었고 상냥하게 그를 용서했다. 어찌됐건 지금 그녀가 일으킨 이 큰 소리는 장하게도 제 몫을 톡톡히 했다. 뜻하지 않게 늦잠을 자고 있던 강태공들의 잠을 깨운 것이다. 방으로부터 이따금씩 헛기침 소리와 몸을 뒤채는 소리가 들리더니 곧 부엌을 가로질러 마당으로 아레스뜨 뻬뜨로비치의 젊은 일행이 휙 지나갔다…….

나따샤는 벌써 저쪽 강변으로 건너가 자동차들 사이를 돌아다니고 있었다. 그녀는 버스를 타고 온 낚시꾼들이 수선을 떨어대는 모습을 바라보았고, 체크 무늬 셔츠를 입고 벨벳으로 만든 바지를 입은 한 소년과 인사를 나눌 뻔했다. 소년은 모스크바 아이였다. 모스크바 번호판을 단 '승리'를 타고 온 그 아이는 나따샤와 동갑내기임에 분명했고, 얼굴이 창백하고 잘 차려입은 병약한 아이였다. 그리고 나따샤가 그를 유심히 살펴보고 있다는 것을 눈치챘을 땐 정말로 병약한 아이가 되고 말았다. 그는 아무런 도움 없이 차 문들을 쾅쾅 소리내며 닫더니 뭔가를 흥얼거리기도 하고 어깨를 흔들흔들 흔들어 대기도 했다. 그리고는 나따샤를 한 번 쳐다보더니 대상이 없는 것이 분명한 소리로 읊어댔다.

"옛날에 옛날에 한 낚시꾼이 살았다네……."

"낚시꾼!……."

작은 소리로, 하지만 소년이 들을 수 있을 만하게 나따샤는 고쳐 말했다.

"그는 대단한 포획량을 가지고 있었는데! ……."

"포획량!……."

나따샤는 맨발로 발장단을 맞추다가 그만 발뒤꿈치에 상처를 내고 말았다.

"그런데 어느 날 낚시 바늘에 걸린 것은……"

소년의 눈에는 엄숙함조차 빛났다.

나따샤는 이제 더 이상 말을 고쳐주지 않았다. 그녀는 어떤 모략이 있음을 느끼고는 몸을 사렸던 것이다.

"붕어가 아니라……"

소년은 여기서 멈추었다.

나따샤는 조급하게 말장난에 꼭 맞는 필요한 단어를 찾았지만 아무것도 머리 속에 떠오르는 것은 없었다. 소년은 그녀의 괴로움을 감지하고는 일부러 더 질질 끌었다. 그리고 그녀가 항복했다는 것을 알아챘을 때 그는 큰 소리로 외쳤다.

"……바로 슬리퍼였다네!"

스스로도 영문을 모른 채 나따샤는 참을 수 없는 모욕감을 느꼈고, 눈물까지 핑 돌았다.

"바보!"

그녀는 크게 소리 지르고는 저 멀리로 달아나 버렸다.

보행자들을 위해 만든 다리 위에서는 많은 낚시꾼들 때문에 걸어다닐 수가 없었다. 그들은 물줄기가 흐르는 반대 방향으로 낚싯대를 드리웠고, 강물은 열심히 그 찌들을 다리 밑으로 옮겨 놓았다. 그러면 낚시꾼들은 그 낚싯대를 아무 생각 없이 잡아당기기만 하면 거의 매번 낚시 바늘에는 잉어가 매달려 있었다. 낚시철이 되면 으레 있는 일이었다.

가장 좋은 위치는 강을 따라 조금 위로 올라간 곳, 오래 된 바위 근처의 다리들 위였다. 그곳에는 50여 명의 낚시꾼들이 모여 있었다. 그들은 어깨너머에서 서로서로의 머리 위로 낚싯대를 크게 들어올려 줄을 던졌는데 낚싯줄들이 때로는 엉켜서 유쾌한 농지거리가 들려오기도 했다. 고기가 많을 때는 진짜로 화를 내기가 어렵기 마련이다.

그 바위 바로 밑에서는 두 명의 키작은 낯선 사내가 고기를 잡고 있었고 그들은 시골 아이들, 나따샤의 친구들과 여자 친구들의 호기심 어린 시선을 받고 있었다. '도시에서 온 사내녀석들이 뭐 대단한 거라고!' 나따샤는 스스로에게 이렇게 말했지만 그래도 어쨌든 바위 쪽으로 달려가 보았다. 달려가면서 그녀는 아무튼 찝찝한 일이긴 하지만 친구녀석들이 도시에서 큰 소년들에게 시선을 보내는 것이 쓸데없는 짓은 아니라는 쪽으로 마음을 굳혔다. 설레임으로 또, 매우 급하게 달려온 탓에 숨을 헐떡이며 나따샤는 바위 쪽으로 날아가 가만히 숨죽이고 있었다.

바위 밑에는 손에 낚시찌를 든 매우 작은 키의 성인 남자 둘이 서 있었다. 그들은 전혀 소년으로는 보이지 않았다. 그들 중에 하나는 꽤 늙어 보이기까지 했고 사제처럼 길게 기른 흰 머

리가 중절모 밑에서 외투깃 위로 빠져나와 있었다. 그의 주름
진 얼굴에는 수염 하나 없어서 그는 꼭 할머니 같아 보였다. 그
대신 두 번째 남자는 젊었다. 나이 열아홉에서 스무 살 정도.
그들 둘은 모두 그냥 단순히 단정하게 차려 입은 것이 아니라
아름답고 섬세하게, 단아하게, 그리고 놀라울 정도로 잘 다듬
어진 소품들로 치장하고 있었다. 가죽 혁대를 맨 외투, 줄무늬
바지, 꼭 맞는 장난감처럼 예쁜 고무 장화. 손목 부위에 가죽이

둘러져 있는 장갑, 그리고 가슴께에 드리워진 알록달록한 목도리. 나이가 많은 사람은 중절모를 쓰고 있었고, 젊은 사람은 그의 젊고 홍조 띤 얼굴에 무척이나 잘 어울리는 체크 무늬 베레모를 쓰고 있었다. 나따샤는 넋을 잃은 채 바라보았고 그녀의 감탄 어린 놀라움은 가슴 아픈 부드러움으로, 환희로, 숭배로 바뀌어갔다.

그 젊은 난쟁이는 그녀에게 옛날 이야기 속에 나오는 왕자처

럼 느껴졌다. 그녀는 그의 짤막짤막한 동작들이 좋았다. 그는
미끼로 새 장구벌레를 매달 때에도 자신의 낚싯대에 매달린,
바람에 흔들리는 기다란 낚싯줄 끝의 낚시 바늘을 쉽게 잡을
수 없었고, 낚싯대를 물에 드리우는 것도 매우 힘들어 했으며,
잡은 물고기를 집어 넣는 일에도 서툴렀다. 하지만 그녀에게는
그 서투름조차도 사랑스럽고 가슴 싸하게 느껴졌다.

나따샤의 등 뒤에서 또래 녀석들이 소곤거렸다. 도대체 무슨
권리로 저녀석들이 저기에 서서 나의 '왕자님'에게 눈길을 주
고 온갖 쓸데없는 말들을 지껄인단 말인가? 나따샤는 사납게
뒤돌아섰다.

"야, 니네 여기서 꺼져!"

그녀는 조용히 말했지만 그녀의 눈동자는 불타고 있었다. 아
이들은 뒤로 물러섰다. 그들은 나따샤의 눈동자가 이글거릴 때
는 상대하지 않는 편이 낫다는 걸 알고 있었기 때문이다. 단지
나따샤의 놀이 친구인 옆집 사는 쏜까만이 울음 섞인 목소리로
말했을 따름이다.

"저 사람들이 니 거라도 되니?"

"그래, 내 거다."

나따샤는 쏜까와 그의 남동생 쎈까를 밀어젖히며 울리는 소리
로 크게 소리지르고는 키 큰 아파냐의 뒤통수를 후려쳤다. 쎈까
는 땅 위로 쓰러져 울부짖더니 네 발로 엉금엉금 기어 저 멀리
로 달아났다. 다른 아이들도 너나 할 것 없이 뒤섞여 달아났다.

나따샤는 난쟁이 낚시꾼들에게로 더 가까이 다가갔다. 그들
은 나따샤에게 아무런 신경도 쓰지 않았다. 나이 많은 사람은

운이 없어 내내 자리만 바꾸어 댔지만 그대신 '왕자님'은 자리를 제대로 잡아 계속해서 잉어들을 잡아 올렸다.

그가 잡아서 강변으로 내던진 고기들은 펄쩍펄쩍 뛰어올라 먼지 속으로 마구 밀려나오면서 은빛에서 더러운 검은색으로 변해갔다. 나따샤는 몇 마리의 물고기를 집어들어서는 강물에 잠시 담구었다가 강변에 세워져 있는 작은 양동이에다 집어 넣었다. 그녀는 '왕자님'이 시키지도 않은 일을 제멋대로 한다고 나무랄까봐 두려웠지만 그는 그저 그녀에게 곁눈질을 한 번 했을 뿐 아무런 말도 하지 않았다. 용기를 얻은 나따샤는 물고기들을 모조리 씻었다. '왕자님'은 마치 다른 왕자들이 그러하듯 냉정하게 그녀의 시중을 받았지만 계집아이는 그가 그녀를 저 멀리 쫓아 버리지 않은 데에 벌써 고마운 마음까지 가지고 있었다. 단 한 번 그는 나따샤를 위해 종을 울리는 듯한 가늘고 날카로운 목소리로 소리쳐 주었다.

"더 물 가까이로!"

그녀는 눈에 띈 것이다. '왕자님'이 그녀를 주목한 것이다! 아침부터 기적에 대한 기대감이 그녀를 괴롭힌 것은 괜한 일이 아니었던 것이다……

꼴까가 잠에서 깨어난 것은 그의 오른쪽 옆구리가 서늘했기 때문이었다. 그랬다. 나따샤가 그를 이기고 먼저 일어난 것이었다. 이제 아마도 그가 자고 있는 사이 가장 재미있는 일이 일어난 것처럼 될 것이다. 나따샤는 끝도없이 자기가 본 이것저것에 대해 자랑을 늘어 놓을 것이고 그녀가 이야기에 거짓말을 섞더라도 그녀를 난처하게 만들고 싶어지지는 않을 것이다. 그

녀가 늘어 놓는 모든 허풍이 진실이라고 믿는 편이 훨씬 재미
있을 테니까. 그녀가 부러우면 그녀와 함께 그런 일들을 겪으
면 되는 것이다……

어쨌든 그에게도 누나가 들어올 수 없는 자신만의 세계가 있
었다. 바로 설인(雪人)을 찾는 것이다. 그 설인은 저쪽 강변의
버려진 채석장 작은 소나무 숲 뒤에 살고 있었다. 그 설인은
'소년지'에서 썼던 히말라야에 살고 있다는 설인과는 매우 달
랐다. 숱 많은 털로 온몸이 덮힌 그 설인은 무기도, 집안에서
쓰는 온갖 세간살이도, 불도 모르고, 짐승에 더 가까우며 사람
에게 온순하다고 했다. 그런데 우리 마을에 살고 있는 이 설인
은 꽤 높은 단계의 발전 수준을 보여 주고 있었다. 그것에 대해
서는 어떤 그림의 흔적이 남아 있는 신성화된 토기 조각 뿐만
아니라 고르지는 않지만 평평하고 둥그스름한 동전, 또 거의
망가지지 않은 형태로 남아 있는 점토로 만든 찻잔, 게다가 그
찻잔을 자세히 들여다보면 둘레에 이빨 자국이 남아 있는 것을
볼 수 있다. 이런 것들이 증명해준다. 꼴까는 이런 보물들을 알
수 없는 동물들의 뼈조각, 등뼈들, 또 철로 만든 활의 끝부분
장식들과 맷돌을 연상시키는 평평한 돌과 함께 아레스뜨 뻬뜨
로비치가 그에게 선물한 커다란 비스킷 상자 속에 소중히 간직
하고 있었다.

더 늦게 설인과의 놀이가 지루해지면 꼴까는 그의 발굴품들
을 선생님께 보여 줄 것이고, 그러면 바로 꼴까는 고대도시의
흔적을 우연히 발견한 것이 되는 것이다. 채석장에는 고고학자
들이 몰려들 것이고, 발굴작업이 진행되고, 이 비밀스럽고 섬

세한 일은 아마도 평생 동안 꼴까의 운명과 강하게 묶여 있을 것이다.

재빨리 옷을 입은 꼴까가 부엌으로 나왔을 때는 어머니가 식탁 위에 물이 끓고 있는 차주전자를 올려 놓고 있을 때였다.

"엄마 잠깐, 엄마 손에 그게 뭐야?"

꼴까는 이렇게 말하고는 어머니의 손가락 사이에서 모르는 사이에 그녀의 손에 떨어진 신발털이 깔개 조각을 빼내었다.

창가의 긴 의자에서는 아레스뜨 뻬뜨로비치의 조수 쉬글로프가 앉아 열심히 생선가시를 발라내며 훈제한 황어를 먹고 있었다. 아레스뜨 뻬뜨로비치는 이미 그곳에 없었다. 작업장에 갔음이 분명했다. 어머니는 벌써 이야기를 시작하고 있었다. 가축 감시관이 그들에게서 어떻게 전염병에 걸린 암소를 빼앗아 갔는지를, 군의가 얼룩이를 마당에서 끌고 나가 어떻게 죽였는지를.

"겨우 천 오백 루블을 주었다구요!"

어떤 이상스런 엄숙함을 띠며 어머니가 말했다.

"새로 사려면 3천 루블은 족히 들텐데!……."

"그래서요!"

접시에 생선가시를 뱉어내며 쉬글로프가 의아해했다.

"당신들은 늙고 못생긴, 우유만 겨우 나오는 소를 싼 값에 사면 되잖아요."

어머니는 두 손을 허벅지에다 대고는 큰 소리로 껄껄거리며 웃었다.

"암소를 어디 얼굴 보고 사우? 우리도 돈은 거의 다 모았어요……."

꼴까도 웃음이 터지는 바람에 마시고 있던 차를 내뿜고 말았
다.

"내가 이녀석을 그냥……!"

"어머니는 그에게 주먹을 휘둘러댔다. 이 도시 사람이 순전
히 도시적인 어리석음을 내보이는데야 어쩌랴. 어쨌건 아이들
이 어른들을 비웃어서는 안 되는 법이다.

"비찌까는 일어났니?'

"어머니가 물었다."

"아닌 것 같은데……"

큰 컵을 입에서 떼지 않은 채 꼴까는 겨우 대답했다. 하지만
비찌까는 잠에서 깨어나 있었다. 다시 돌아온 하루가 그의 앞
에 괴롭도록 어려운 수수께끼를 제시해 놓았기 때문에 그는 아
무 소리도 내지 않았던 것이다. 어제 이미 그는 도대체 무엇 때
문에 세상을 살아가는지를 깨달았다. 그것은 차를 닦기 위해서
였다. 그는 낚시꾼들이 도착한 바로 그 순간부터 어머니가 그
를 침대로 몰아 넣을 때까지 차를 닦았다. 걸레 밑으로 환하고
반짝이는 푸르름이 드러날 때, 그건 정말 놀라운 일이었다! 그
런데 잠에서 깨어난 그는 갑자기 이런 생각을 하게 되었다. 그
가 차를 다 닦게 되면 그땐 어떻게 될까? 인생에서 그에게 남는
것은 무엇일까? 또다시 암탉들을 쫓아다니거나 수탉을 괴롭히
거나 꼴까와 나따샤의 놀이를 방해하는 일? 그는 이제 더 이상
이런 시시하고 우울한 존재들과 화해할 수 없었다. 하지만 어
머니가 꼴까를 가족 중에 제일 영리하다고 여기는 건 괜한 일

이 아니었다. 그의 주름 잡힌 이마 뒤로는 사고의 긴장된 작업이 진행되고 있었다. 그래, 만약 웅덩이에서 더러운 물을 조금 길어 차 문에다 발라 보면 어떨까? 그러면 그곳은 다시 한번 닦을 수 있게 된다. 그리고 그 다음엔 다른 쪽 문에다 구정물을 바르고, 또 트렁크. 그렇게 하면 일거리는 차가 떠날 때까지 충분하다. 하지만 이 일은 곧 일어나지는 않을 것이다. 비찌까는 앞으로도 몇 번은 더 그 차를 아침마다 같은 곳에서 찾아낼 수 있을 테니까……

이렇게 결정을 내린 비찌까는 높은 침대의 끝까지 기어가서는 이불과 함께 바닥으로 기어 내려왔다.

크게 신음소리를 낸 스쩨빤은 몸을 움찔하고는 양팔을 벌리고 머리를 연통에다 부딪히는 바람에 잠에서 깨어났다.

"또에요, 아직도 전쟁중인 거냐구요?"

"그에게 아내의 목소리가 전해졌다.

"그래, 또야. 나쁜 놈들!"

스쩨빤은 짤막하게 중얼거렸다.

그의 일상의 의식은 벌써 일을 하고 있었다. 그는 아내의 목소리를 들었고, 그녀의 활기 찬 목소리에 기쁨을 느꼈다. 대답도 했고, 난로와 문설주도 보았다. 하지만 그와 동시에 그의 내부에서는 그를 놀라게 하는 악몽이 여전히 이어지고 있었다. 마치 촘촘한 검은색 그물 뒤에서 일어나는 일처럼 그의 눈에는 지뢰가 터져 조각조각 흩어진 그의 내장, 가슴을 짓누르는 긴 골짜기, 텅빈 아무런 빛깔도 없이 멀어져 가는 하늘이 보였다. 15년이 좀 못된 일이다. 간간히, 혹은 자주 그는 같은 꿈을 꾼다. 전쟁터에서의 그의 마지막 순간을.

　이것은 드네프르 전선 밑의 하르찌짜에서 있었던 일이었다. 지금도 그때 그가 스스로에게 했었던 말이 생각난다. '자, 이렇게 끝나는구나 스쩨빤!' 그리고 의사들이 지쳐 죽어가는 만신창이가 된 몸을 데워 줄 횃불을 되살리려고 끊임없이 노력했던 끝없는 밤이 이어졌다. 그리고는 그가 의식을 회복하고 청각과 시력을 상실했음을 알았을 때 더 무서운 밤들이 이어졌었다. 청력은 곧 회복할 수 있었지만 시력은 힘들어서 그는 2년 이상을 장님인 채로 지냈다. 그는 수십 차례의 수술을 견뎌냈고 여러 도시들로 후송되었다. 그는 진정으로 왜 그를 그렇게 돌보는지 이해할 수가 없었다. 그러다 마침내 조금은 성숙한 자신의 몸을 다시금 스스로 움직일 수 있는 날이 찾아왔다. 매우 약하고 불안한 그는 흔들거리는 걸음걸이로 병원문을 나섰던 것이다. 전쟁은 반 년 전에 끝나 있었고 무사히 살아 남은 사람들은 계속해서 살아가고 있었다. 그리고 스쩨빤도 잘 꾸려나가야 한다는 것을 깨달았다. 그는 천성적으로 조용하고 겸손한 사람이었고, 터무니없는 희망에 넋을 잃지도 않았다. 하루를 무사히 살아내면 그것으로 족했다. 그는 한 번도 그가 한 가정에서 남편이, 아버지가 되고, 그의 주변에서 세 명의 훌륭한 아이들을 먹이고 기르게 될, 운명의 선량한 선물을 기다린 적이 없었다. 스쩨빤은 한없이 아내를 사랑하고 존중했고, 그가 자신의 아이들에게서 느낀 모든 감정들 중 제일 강한 것은 존경이었다. 그는 자신의 아이들은 그보다 훌륭하고, 아름답고, 똑똑하고, 더 교육받았다고 여기고 있었다. 심지어 네 살바기 비찌까조차도 그가 도달할 수 없는 어떤 것을 가지고 있다고 믿었다. 그리고 그는 아들의 이 모든 것들은 모두 어머니에게서 왔다는 것을 확신하고 있었다. 설사 삶은 그녀에게 이 모든 것들을 펼쳐 보일 기회를 주지 않았지만 그 모든 박탈당한, 또 그녀 속에 숨겨진 모든 것들은 아이들에게서 나타나 그들에게는 전혀 다른, 멋진 운명이 다가올 것이었다. 스쩨빤은 그가 그들을 먹이고 입힌다는 것이 자랑스러웠다. 아이들보다 그가 훨씬 더 많이 아이들 덕을 보고 있다고 스스로 느끼고 있었기 때문이다. 그리고 또 자신의 존재 앞에서 느끼게 되는 또 하나의 잔잔하고 즐거운 경이로움은 그가 변함없이 점점 나아진 것이 모두 아이들 때문이라는 것이었다. 그는 아이들 덕에 처음에는 철로 침목공에서 기관차 화부가 되었고 그 다음에는 기관사 조수가 되었다. 그리고 어쩌면 이건 오늘 결정되는 일이지만 기관사가 될지도 모른다. 이 일이 다른 사람들에게는 별로 많은 것을 의미하는 것이 아닐지 몰라도 이탄으로 가는 '뻐꾹이'의 기관사가 된다는 것이 스쩨빤에게는 많은 것을 의미했다. 그가 침목 쌓는 일을 하고 있었을 때 그 옆으로 빠른 기차들이, 연기를 내뿜는 기관차들이 길게 물품 수송열차를 매달고 빠른 속도로 달려갔었다. 그때 그가 과연 언젠가 그가 기차를 운전할 수 있을 것이라고 생각이나 할 수 있었겠는가! 그런 기차가 아니라도 좋다. 겨우 대여섯 량짜리 이탄 기차에 승객들이 탄 기차는 한 량이어도 좋다. 그리고 속도도 겨우 시속 30 킬로미터짜리이면 어떠랴. 어찌됐건 신호등은 그에게 신호를 보낼 것이고, 길은 열려 있을 것이고, 바람은 얼굴을 때릴 것이다. 꼴까가 자라나면 기다란 진짜 기차를 볼 수 있을 것이다. 그때에는 어떤 기차들이 있을까? 전기기차, 아니면 로케트 기차? 어마어마한 속도로 온 세상을 지나 태평양까지 몰고 갈 것이다.

나따샤가 집으로 뛰어왔을 때 아버지는 걸려 있던 모터를 닦고 있었고, 비찌까는 차를 닦고 있었다. 그런데 어머니는 얼굴이 상기되고 들떠 어딘가로 나갈 채비를 하고 있었다. 나따샤는 아침도 먹지 않고 밖으로 나가 버린 데 대해 꾸짖을 것을 기대하며 얌전히 식탁에 앉아 식어버린 차를 자기 잔에 따랐다. 어머니는 새로 산 실크 수건으로 머리를 묶고 있었고 나따샤에게는 아무런 관심도 두지 않았다. 나따샤는 어머니가 부츠를 벗고 목이 높은 방수용 고무 덧신으로 갈아 신은 것을 보았다. 아버지와 함께 어디 손님으로 갈 준비를 하는 걸까?

"어, 엄마, 어디 가?"

나따샤가 물었다.

"나쁜 짓 하러!"

어머니는 스카프를 목에다 두르고 그 매듭으로 묶은 머리를 함께 한 다발로 엮어내리며 웃음섞인 큰 소리로 말했다.

"조그만 사내놈들 구경하러 간다. 저기 어떤 사람들이 왔다길래……"

나따샤는 숨이 막혔다. 그녀의 눈은 메마르게 번쩍이기 시작했다.

"가지 마!"

그녀는 소리치고는 손가락으로 찻잔 받침을 내려쳤다.

"너 뭐라 그랬냐?"

마리야 바씰리예브나는 치마 속으로 상의를 고쳐 넣으며 껄껄 웃기 시작했다.

"엄마한테 가지 말라고 명령하는 거냐!"

"가지 마!…… 싫어!…… 가지 마!……"

식탁에서 뛰어내려온 나따샤는 어머니를 잡아 흔들며 귀찮게 굴기 시작했다.

그녀 스스로도 왜 엄마가 '조그만 사내놈들'을 보러 가는 게 싫었는지 이해할 수가 없었다. 그것은 나따샤의 세계여서 어머니가 그것을 건드리는 것을 그녀는 허락할 수 없었던 것이다. 자신의 그 세계를 지키기 위해서 나따샤는 애절하게 애원하는 어떤 웃음을 지으며 어머니를 놓아 주지 않았다. 딸의 고집스런 변덕을 이해하지 못하는 마리야 바씰리예브나는 처음에는 웃으면서 뿌리쳤지만 나중에는 이것도 지겨워져서 딸의 두 손을 자신의 커다란 손으로 힘껏 떼어내서는 나따샤를 식탁으로 밀어 넣었다.

"그만둬! 혼이 나야 말을 들어? 넌 이제 어린 애가 아니잖아!……"

단단한 몸을 흔들며 그녀는 재빨리 문쪽으로 걸어갔다.

나따샤는 마치 자신의 소리를 귀담아 듣기라도 하는 듯 조용히 앉아 있었다. 그리곤 생각했다. 아버지에게 새 모터를 단 보트를 태워달라고 해야겠다. 그들은 그러면 '왕자님' 곁을 지나가게 될 테고, 나따샤는 뱃머리에서 바람 속에 포말을 맞으며 서 있을 테고, 그러면 그는 당연히 그녀를 보게 될 것이다. 그러면 그녀는 그에게 손을 흔들어 줄 것이다. 나따샤는 아버지에게로 갔다. 그리고 현관에서 꼴까와 부딪혔다. 그는 또 더러운 그릇 조각이 분명한 무엇인가를 신문에 싼 채 가지고 있었다.

"보여 줘봐!"

그녀는 위엄있게 말했다.

꼴까는 소중히 신문을 폈다.

"푸, 아이 더러워!"

나따샤가 까탈스럽게 말했다.

꼴까는 가소롭다는 듯 비웃음을 흘렸다. 이것이 나따샤를 자극하고 말았다.

"이리 내!"

그녀는 손을 쭉 내밀며 자기도 모르게 말했다.

"왜 그래!"

꼴까가 물러섰다.

"야, 꼴까. 이리 내라니까!"

그녀가 간교하게 말하기 시작했다. 그녀에게는 이 그릇 조각들이 전혀 필요치 않았지만 꼴까가 그것들을 대하는 태도에 그녀는 화가 났다. 그녀는 요구를 하고 싶었다. 비록 동생이 아파하게 된다 할지라도 자신의 권력을 느껴보고 싶었다.

꼴까에게는 천만다행이게도 그때 아버지가 손에 모터를 든 채 현관으로 들어왔고 나따샤는 순간적으로 그릇 조각들에 대해 잊어 버렸다. 물론 아버지는 곧 승낙했다. 그는 사실 내일 강가에서 모두 모여 놀게 될 때 그때 아이들을 태우고 가려고 했었지만 나따샤가 이렇게 원한다면야……

"무지무지 타고 싶어요! 아빠는 벌써 꼴까랑 비찌까랑 전부

다 태워 줬잖아요. 나 혼자만······"

"알았어"

그는 말했다.

"꼴까, 너도 우리랑 같이 갈래?·····"

나따샤는 아버지와 단둘이 가고 싶었지만 어쩔 수 없는 일이라는 걸 알고 있었다. 그런데 아버지가 비찌까까지 불렀을 때 그녀는 참을 수가 없었다.

"걔가 왜 타요?·····"

"뭐라구 - 우?"

아버지는 엄하게 말했다.

"걘 벌써 타봤잖아요······"

"그래서 너만 태워 달라고?"

아버지는 나즈막히 말했다.

"어쩔래 비찌까, 갈래?"

나따샤를 괴롭히기 위해서라도 가야 했지만 차를 버릴 수는 없어서 비찌까는 고개를 가로저었다.

"생각이 바뀌면 뛰어오너라······"

그들은 강쪽으로 내려갔다. 아버지의 커다란 보트는 산뜻하게 수지를 먹이고 하늘색으로 칠해져 있었고, 옆으로는 붉은 선이 그어져 있었다. 아버지는 능숙하고 조심스럽게 붉은 글씨로 '갈매기'라고 쓰여 있는 우유빛 모터를 걸었다.

"아빠, 정말로 '갈매기'가 제일 좋은 모터예요?"

나따샤가 물었다.

"그럼"

아버지는 확신에 차 말했다.

"그래서 비싸기도 하지 천삼백 루블이니까."

"우와!"

나따샤는 모터가 얼마인지 매우 잘 알고 있었음에도 매우 놀라워했다.

"모스크바로 갈 때는 '스게프'를 사려고 했지"

아버지는 계속 했다.

"그런데 거기서 '갈매기'를 팔기 시작하는 거야. 그래 어떡했겠니? 팔 마력짜리 힘을 가진 멋진 놈이지!……"

아이들은 숨을 죽이고 들었다. 그들은 이 악의없는 이야기를 외울 수 있을 지경이었다. 하지만 아버지가 집에서 이야기할 때와, 강가에서, 바로 훌륭한 모터의 출동을 눈 앞에 두고 이야기할 때와는 완전히 다른 문제였다.

"그래서 생각했지. 그래 한 번 모험을 해보는 거야 하고 말이야!"

아버지의 선량한 얼굴에 놀란 듯한 표정이 떠올랐다.

"그래서 계산대에다 가진 돈 전부 천삼백 루블을 탁 내놓은 거지"

나따샤는 손뼉을 쳤다.

"나는 월급에서는 한 푼도 안 떼냈어."

아이들도 잘 알고 있는 일이었지만 그래도 아버지는 설명했다

"2년 동안 다른 자잘한 일들을 해서 모은 거야…… 우리 얼룩이를 없앴을 때 나는 이 모터를 팔려고 했었는데 엄마가 그러

지 못하게 했단다. 엄마는 '우리 그것 좀 타고 놉시다, 당신은 평생 동안 모터 사기만을 꿈꾸지 않았수!' 라고 말하는 거야."

"우리 엄마는 정말 멋있어!"

꼴까가 감탄하며 말했다.

"너도 그렇게 생각하고 있었니?"

하늘색 눈동자에 부드러운 빛을 띠며 아버지가 맞장구를 쳤다.

"그런데 우리 왜 안가는 거예요?"

나따샤가 조급하게 물었다.

"비찌까가 올지도 모르잖아."

아버지가 대답했다.

그는 걸레로 모터를 닦고 모터 줄을 정리하고 또 무엇인가를 움직였다.

"빨리 가요!"

나따샤가 졸랐다.

"갑자기 비찌까가 오면 어떡하니?"

아버지가 또 말했다.

"걔는 지 차에서 떨어져서 아무 데로도 안 가요!"

"꼴까, 니가 동생을 한번 불러 봐라."

아버지가 말했다.

"비찌까 아!"

꼴까는 입가에 두 손을 나팔처럼 모으고 소리쳤다.

"비찌까 아!"

"되게 바쁜가 보네."

아버지는 마음을 정하고 강변에 노를 대고 밀어냈다. 빠른 물살은 보트를 휘감았고 자꾸만 뒤로 보트를 끌었다. 하지만 그때 아버지는 힘껏 줄을 잡아당겼고 거칠게 소리를 냄과 동시에 물 속으로 들어가 팽팽하게 울리는 꾸르륵 소리에 거친 포효가 녹아들었고, 크게 거품이 이는 파도를 만들어냈다. 한순간 보트는 움직이지 않고 멈춰 섰다가 뱃머리를 부르르 한 번 떨고는 물결을 거슬러 앞으로 나아갔다.

나따샤는 뒤로 조용하고 텅빈 강변을 남긴 채 강태공들로 가득 찬 다리를 향해 돌진하는 것도 감지하지 못했다. 나따샤에게는 모든 사람들이 경탄하며 그들을 지켜보는 것처럼 느껴졌다. 아버지는 능숙하고 확신에 찬 몸짓으로 보트를 몰았고 특히 강 굽이에서는 파도가 이쪽 강변에서 저쪽 강변으로 부채처럼 일어났다. 하지만 낚시꾼들은 그들을 곱지 않은 시선으로 바라보고 있었다. 모터 소리가 물고기들을 놀라게 했던 것이다. 맹렬히 다리 쪽으로 다가와서 어두운 다리 밑, 나무로 만든 교각들 사이에 다다랐을 때는 한기와 곰팡이 냄새가 확 느껴졌다. 하지만 곧 밝은 곳으로 나왔을 때는 태양 온기가 있을 뿐이었다.

커다란 뱃머리에 선 나따샤는 환희에 차 가늘고 우스운 소리로 새처럼 찢어지는 듯한 소리를 냈다. 그녀는 '왕자님'에 대해서도 잊어버릴 뻔했고 벌써 뒤로 멀어지고 있는 오래 된 바위를 옆눈으로 보았을 때야 겨우 그에 대해 생각해냈다. 나따샤는 몸을 돌렸지만 '왕자님'은 그곳에 없었다. 이상한 일이었다. 그녀는 그렇게도 그를 보기를 소원했고 이 뱃놀이 자체도 그를 위해 꾸며낸 것이었는데 그가 없어졌다는 것을 알았음에도 그녀는 별로 슬프지 않았다. '왕자님'은 그녀의 가슴 속에 생겨난 존재였기 때문에 그 장난감처럼 예쁜 외투를 입고 베레모에 부츠를 신은 키작은 사람을 다시 본다는 것이 그녀에게는 사실상 아무런 의미도 없었던 것이다. 그리고 그녀가 생각해낸 '왕자님'은 빠르게 달리는 보트를 타고 질주하는 그녀를, 바람에 뒤로 휘날리는 그녀의 머리칼을, 작은 포말들 속에서 반짝이는 그녀의 얼굴을, 물 위로 그를 향해 날아오는 그녀를 보았을 것이기 때문이다.

되돌아왔을 때, 어머니는 벌써 집에 와 있었다. 그녀는 예쁜 고무 덧신을 벗고 집에서 신는 부츠를 신고 있었지만 아직도 두르고 있는 새 실크 스카프는 그녀에게 축제의 분위기를 전해주고 있었다.

"구경 잘 했소?"

스쩨빤이 물었다.

"에이 그래요, 봤어요!"

어머니는 씩 웃어보이고는 의자 위에 힘없이 앉았다.

"그 자리에서 빠질 수도 없고, 그래서 봤죠! 나는 사람들이 겨우 걸어다닐 정도일 거라고 생각했어요."

그녀는 머리에서 스카프를 벗어 툭툭 털었다.

"스쩨빤, 도대체 그 사람들은 어디서 생겨나는 걸까요?"

"어디긴, 모든 사람들이 생겨나는 데서 생기는 거지……"

스쩨빤이 조심스럽게 미소지었다.

마리야 바씰리예브나는 당황해 살짝 웃고는 얼굴을 더욱 붉했다.

"에이!"

그녀는 남편에게 두 손을 내저어 보였다.

갑자기 그녀의 눈이 흐려졌고 그리고 두 눈이 감기면서 아랫입술이 쳐지더니 그녀는 앉아서 졸기 시작했다. 오래전부터 그녀에게 가끔 있는 일이다. 그녀를 열광하게 하고 걱정하게 또는 흥분하게 만드는, 어떤 특별한 일이 일어날 때면 마치 그 흥분은 이 순간적이고 짧은 꿈으로 해소되는 것 같았다. 이 잠은 의자 위에서, 난로 옆에서, 또 빨래통 옆에서 그리고 밭에서도 그녀를 찾아왔다. 마리야 바씰리예브나는 이삼 분 이상을 자지 않았다. 한번 재채기를 한 그녀는 눈을 떴고 그리고 식사 준비를 하기 시작했다.

가슴 아픈 이유를 알 수 없는 우울함이 나따샤를 사로잡았다. 자신의 집에서, 가족들 사이에서 그녀는 갑자기 자신이 철저히 혼자임을 느꼈다. 마치 정신을 잃은 듯 그녀는 집 밖으로 나왔고 길을 건너 투명하게 듬성듬성한 작은 오리나무 숲을 거닐었다.

레일 접합점에서 울리는 소리를 내며 텅빈 이탄 기차가 지나갔다. 마치 수증기 같은 하얀 연기 구름은 전선들과 나무들 위에 목화솜을 남기고 땅 위로 헤엄쳐갔다. 따뜻하고 달콤하게 기관차 냄새가 풍겼다.

오리나무 숲 속은 서늘하고 축축했다. 모든 땅이 어제 내린 소나기 후에 다 말라버렸지만 이 작은 숲만은 햇빛을 보지 못했다. 발 밑으로 키 큰 젖은 풀들이 질벅거렸고, 간지럽게 무릎으로 달라붙었다. 나무 위에서는 차가운 빗줄기들이 고여 있다 흘러내렸다. 나따샤는 있는 힘껏 젖은 나뭇가지들을 밀쳐내며 앞으로 걸어갔고 그녀 뒤로는 마치 비가 내리는 것 같았다. 떨어진 빗방울이 질긴 우엉 잎을 따라 북소리를 내며 굴렀다.

숲을 지나 나따샤는 나무를 베어 낸 넓은 공터로 나왔다. 흠뻑 젖은 그녀의 사라사 원피스는 투명하게 비쳐 보였고 머리카락은 조금씩 뭉쳐져 이마, 볼, 목에 달라붙었다. 앞으로 눈이 닿는 곳까지는 온통 쓸쓸한 검은, 또는 갈색의, 때로는 회색 나무등걸만이 보일 뿐이었다. 나무들은 모두 오래전에 좁은 철길의 침목들이 되었다.

이 공터 뒤에는 계속해서 무엇이 있을까? 나따샤는 알지 못한다. 물론 아버지께 물어볼 수 있다. 그는 대답해 줄 것이다. 이탄 늪이 있고, 숲, 강이 있지. 그러면 그 이탄 늪, 숲, 강 뒤에는? 아버지도 알지 못한다. 그러면 도대체 우리가 보고 있고 알고 있는 것들 뒤에는 무엇이 있는 것일까? 끝까지 알아낸다는 것이 가능하기는 한 일일까? 아침에는 그리도 기쁨에 찼었는데 지금은 왜 이리 우울하고 공허한 것일까? 그녀는 모른다. 그런데 그녀 자신에 관해서는 자신이 모두 알아야 하는 것 아닌가? 앞으로도 가장 중요하고 소중한 것은 그녀로부터 숨겨질 것이다. 정말 어른들도 스스로에 대해 알지 못하고 그 알지 못함으로 인해 괴로워하는 것일까?……

나따샤는 울음을 터뜨렸다. 그녀에게는 한 번도 없었던 일이었다. 그녀는 통증이나 분노, 질투, 모욕감 때문에 울긴 했어도 그냥 이렇게 울음을 터뜨린 적은 한 번도 없었다. 이 눈물은 그

녀가 아직 한 번도 들여다보지 못한 존재의 숨겨진 깊은 곳에서 터져나오는 것이었다. 오랜 시간이 흐른 뒤 그녀에게는 이 슬픈 채벌장이, 나무들의 차가운 습기가, 뜨거운 눈물이 생각날 것이고 그러면 그때 그녀는 처음으로 자신의 영혼이 그녀에게 짐이 되었다는 것을 이해하게 될 것이다.

나따샤는 그루터기에 앉아 울었고, 젖은 얼굴을 젖은 옷자락으로 닦아냈다.

저녁 일곱 시, 식사를 마친 뒤 바로 아버지는 일터로 나갈 채비를 했다.

"당신 왜 그래요?"

마리야 바씰리예브나는 놀라 물었다.

"당신 여덟 시까지 가면 되잖아요!"

스쩨빤은 항상 모든 일을 천천히 처리했고 모든 일에 항상 충분한 시간 여유를 두긴 했지만 이번에는 너무 이른 시각이었다.

"가야 돼……"

그는 애매하게 대답하고는 난로에서 장화를 꺼내기 위해 의자 위에 올라섰다.

"잠깐, 당신한테 털실 양말을 갖다 줄께요."

마리야 바씰리예브나는 깨끗한 양말더미를 끄집어내 집에서 짠 털양말을 집어들고 의자 쪽으로 갔다.

"따뜻하게 신어요. 밤에는 습기가 많아서……"

스쩨빤은 양말을 집어서는 미심쩍은 듯 그것들을 쳐다보았다.

"한 쌍으로 된 건 없소?

"그럼 그게 쌍이 아니고 뭐예요?"

마리야 바씰리예브나는 자기가 실수를 했음을 곧 알아차렸지만 인정하려 들지 않았다.

"그대신 떨어진 데가 없잖아요. 어디 나들이를 가는 것도 아니고 발만 따뜻하면 될 걸……"

스쩨빤은 양말을 신기 시작했다. 꽉 양말을 잡아당기고서 그는 손바닥으로 발뒤꿈치와 발가락들을 전쟁당시의 습관대로 꼼꼼히 살펴보며 어루만졌다. 어디에 상처나 나지 않았나. 그리고 나서 그는 뽀송뽀송하고 질긴 양말더미 속에서 그림 쪼가리를 꺼내 손으로 주름을 폈다. 화폭은 색깔 있는 실로 주위가 수놓아져 있었다. 날개를 넓게 펼쳐 위협적인 거위가 붉은 부리로 노란 병아리를 쪼으려고 하는 그림이었다.

"아빠는 왜 내 그림을 가져 갔어?"

나따샤는 소리치고는 아버지의 손에서 병아리와 함께 있는 거위를 잡아챘다. 이것은 그녀가 학교에서 봉사활동에 대한 상으로 받은 것이었다.

"그 천하에 쓸모없는 걸 가지고 왜 그래!"

마리야 바씰리예브나가 당황해 하며 말했다.

"저도 어디 있는지 알지도 못했으면서!"

나따샤는 수놓인 부분을 조심스레 풀어내고는 제자리에다 갖다 놓고 다시 돌아왔다.

나따샤와 꼴까는 아버지가 일터에 나갈 준비를 하는 것을 지켜보기 좋아했다. 그의 느릿하고 완만한 동작들에는 어떤 특별한 엄숙함이 있었다. 그는 이 모든 것을 만족스럽게 음미하며 그를 기다리고 있는 일이 유쾌하고, 삶이라는 것 자체가 매우 간단하고 즐거운 것이라는 것이 느껴졌다. 게다가 또 오늘은 그에게는 특별한 작업이 있는 날이었다. 바로 기관차의 불을 끄는 것이다.

이 말을 떠올리면 나따샤는 불꽃의 혀들이 날름거리며 아버지의 얼굴과 손들을 핥고, 그의 빛나는 안전모를 사납게 밝히지만 아버지는 용감하게 제일 뜨거운 불 속으로 들어가 휘몰아치는 불길을 꺼버리는 모습을 그려 보곤 했다.

사실 꼴까의 말을 통해 그녀는 기관차의 불을 끈다는 것이 정말 간단한 일이라는 것을 알고 있었다. 난로에서 열기와 재를 긁어내기만 하면 그것으로 끝이었다. 하지만 이 설명이 나따샤가 전혀 다른 그림을 그려 보는 것을 조금도 방해하지는 못했다.

"아빠, 아빠가 오늘 기관차의 불을 끄는 거예요?

그녀는 은밀한 목소리로 물었다.

"물론이지, 꺼야지. 내일부터 축제잖니?"

아버지는 조용히 대답했다.

스쩨빤은 신발을 신었다. 더러워진 신발끈의 끝을 어색하게 잡고 동그란 구멍 속으로 넣어갔다. 이 일을 끝내고는 끈을 꽉 조여 묶고 그것을 다시 발목에 돌려 감았다. 마찬가지로 열심히 다른 쪽 신발도 신은 다음 그는 몇 번 발로 바닥을 굴러 보았다. 스웨터를 늘여 바지 속으로 단정히 집어 넣고 윗도리를 입고는 그 위에도 솜을 넣어 만든 외투를 걸쳤다. 이 모든 옷들은 그를 검소하고 괜찮아 보이게 둘러쌌고, 그는 탄력있고 단

단해졌다. 나따샤에게는 이제 어떠한 시험과 위험이 그곳에서
그를 기다린다고 해도, 미친 듯 날뛰는 불길 속에서도 아버지
는 두렵지 않으리라는 생각이 들었다.

그때 마리야 바씰리예브나는 보온병에다 차를 따르고 설탕
몇 조각을 집어 넣었다. 일터에서 스쩨빤은 절대로 아무것도
먹지 않았지만 마시기는 많이 마셨다.

"비찌까는 어디 있소?"

앞챙이 망가진 베레모를 바로 쓰려고 애쓰면서 아버지가 물
었다.

"지쳐서 낫가리 위에서 자고 있어요."

마리야 바씰리예브나가 대답했다.

"감기 걸리지 않을까?"

"내가 담요를 깔아 줬어요."

"그러면 다녀오리다."

아버지가 말했다.

"오늘은 일찍 올 거요."

나따샤는 벌써 보이지 않는 안전모의 섬광에 눈이라도 먼 듯
잔뜩 눈을 찌푸려 뜨고는 아버지의 뒷모습을 바라보았다. 그러
다 갑자기 꼴까에게로 달려가 그의 머리를 휘어잡고는 커다란
손가락으로 머리카락을 아프게 잡아당기고 고음의 깜짝 놀란
듯한 고함을 내지르며 집에서 멀리 달아났다. 꼴까는 행복하게
소리내 웃고는 그녀의 뒤를 따라 뛰어갔다.

낮에 있었던 일이 누나와 동생을 갈라 놓았지만 저녁이 되면
그들은 함께 놀았다. 자신들의 놀이에 그들은 보통 옆집 사는

쏜까를. 찌르레기를 닮은 새까만 계집아이 쏜까를 끌어들였다. 그녀는 누나와 남동생 사이의 팽팽한 경쟁을 누그러뜨리는 역할을 했기 때문이다. 그녀는 순진하고 꾀를 부릴 줄 몰랐으며 또 어설펐다. 그녀는 모든 게임에서 이기는 법이 없었다. 숨바꼭질에서 그녀는 언제나 술래였고. 술래잡기에서는 아무도 잡지 못했고. 또 사탕껍질 따먹기에서는 항상 사탕껍질을 하나도 남기지 않고 다 잃었다. 그러고도 그녀는 한 번도 자신이 다른 사람들보다 놀이를 잘 못한다고 인정한 적이 없었고 그래서 더욱 그녀를 이기는 것이 즐거웠다.

"무궁화 꽃이……"

나따샤는 쏜까와 남동생 그리고 자신의 가슴을 두드리며 크게 외기 시작했다. 이제 누가 처음으로 숨바꼭질에서 술래가 될 것인지 결정되는 것이다. 쏜까의 눈동자에는 어쩌면 결국 내가 술래가 되지 않을 수도 있다는 기대, 희망, 믿음이 서려 있었다.

"피었습니다!"

나따샤는 리듬을 넣어 외웠고 마지막 모음이 쏜까의 운명을 결정했다. 그녀는 순순히 머리를 벽에다 붙이고 세상이 온통 노래질 때까지 두 눈을 꼭 감았다…….

아레스뜨 뻬뜨로비치는 아이들의 놀이를 재미있게 지켜보고 있었다. 그는 지금 막 제일 멀리 있는 새 이탄더미에서 돌아와 현관 앞 계단에 앉아 기분 좋게 담배 한 대를 피우고 있는중이었다. 아레스뜨 뻬뜨르비치는 놀이를 하는 와중에 아이들의 성격이 확연히 드러나는 것을 지켜보는 것이 좋았다. 꼴까는 노력형이다. 그가 숨어야 할 때가 되면 그는 머리를 깨면서까지 멀리 있는 장작더미로 질주하고, 건초더미 속에 깊게, 기초적으로 마치 그곳에서 일 년 동안 살기라도 할 것처럼 난리를 쳐댔다. 나따샤는 온통 모험과 버릇없는 짓 투성이었다. 그녀는 심지어 숨지도 않고 그저 술래인 쏜까의 등 뒤에 서 있거나 쏜까의 발 옆에 무릎을 쪼그리고 앉아 있다가 쏜까가 '찾는다!' 라고 소리침과 동시에 벽을 치곤 했다. 그런데 쏜까에게는 훌륭하게도 유순한 고집이 있어 그 모든 불운들을 그녀는 다 참아내는 것이었다.

아이들은 그들이 바로 그의 얼굴 옆에서 이야기를 나눌 때도, 그리고 마치 오래 된 나무 등걸 뒤에 숨는 것처럼 그의 뒤에 숨을 때에도 아레스뜨 뻬뜨로비치를 의식하지 않았다. 그러면 그때 그는 아이들의 부드러운 땀 냄새와 볕에 그을은 따뜻한 살 냄새, 그들의 옷에 붙은 건초 냄새를 맡곤 했다.

그들의 빠르게 움직이는 다리 밑으로 지는 해 때문에 황금빛 어린 장미빛이 된 마당의 잘 다져진 바닥에서는 먼지가 기둥을 이루며 올라왔다. 그리고 지금 땅 위의 모든 것은 나무, 오두막의 벽들과 지붕, 울타리, 길은 온통 뜨거운 장미빛 황금으로 뒤덮였다. 단지 연한 하늘색을 띤 하늘의 작은 구름들만이 한낮의 깨끗한 흰빛을 간직하고 있었다. 그리고 갑자기 모든 것이 일순간에 변해 버렸다. 태양은 바로 눈 앞에서 땅끝을 둘러싼 숲 뒤로 떨어졌고, 땅은 고요하고 선명한 그늘로 뒤덮히고 황금빛이고 장미빛인 것들은 저 높이, 구름 쪽으로 사라져 갔다.

조용한 기쁨의 미소는 아레스뜨 뻬뜨로비치의 메마른 입술을

건드렸다. 오늘이 그에게는 행복한 날이다. 이제는 더 이상 의심도 없었다. 새로운 이탄더미는 정말로 이 지역에서 가장 많은 양이었다. 게다가 앞으로 그에게는 이틀 간의 휴일이 남아 있었고, 그 시간들을 온통 낚시에다 쓸 수도 있었다. 그의 출장이 4월말에 있는 것은 얼마나 운좋은 일인가! 출장은 겨우 5~6일 뿐인데 그것이 딱 4월과 5월의 경계선에 걸린 것이다. 크지는 않아도 고르게 살이 오른 잉어, 미끌미끌하고 무거운, 그리고 살이 꺼끌꺼끌한 이놈들을 숨 돌릴 틈도 없이 동이 터서 해가 질 때까지 낚아올리는 것이다. 그리고는 조심스럽게 낚시 바늘에서 빼내면 물고기들은 즉시 끈적끈적한 알이나 정액을 뿜어낼 것이다. 그러다 보면 시간이 지날수록 단단하고 힘좋게 황어가 미끼를 물어온다. 그러면 주위에 있던 낚시꾼들이 모두 자신의 찌를 내버려두고 얼어붙는 듯한 심정으로 어떻게 물 속에 있는 그놈을 강변으로 끌어 올리는지를 지켜 본다. 망으로 그놈을 잡아챌 준비를 하고서 말이다. 이렇게 고기를 잡다 보면 해질녘쯤 되어서는 팔은 떨어져 나가는 듯하고 허리는 나무처럼 뻣뻣해지고 두 눈 앞에는 금색, 혹은 푸른 줄 무늬가 어른어른거린다. 그렇게 죽은 듯이 행복하게 피곤해지면 침대로 달려가 보라. 당신 앞에는 태양빛으로 반짝이는 매혹적인 물결, 물고기들의 작은 몸통에서 뿜어 나오는 은빛 반짝임이 보일 것이다.

조심스러운 저녁의 소리들, 마치 조용한 음악 같은 그 소리들이 공간을 꽉 메웠다. 저 멀리서 이탄이 널려 있는 들판을 말리는 펌프 소리가 리듬을 타고 들려오고 그 소리는 마주보고

달려오고 있던 이탄 열차들이 교차로에서 내는 높은 소리들로
바뀌었다. 그리고는 강가에서 들려오는 모터 소리, 그곳에서
더 맑게, 더 깊게 전해져 오는 사람들의 여러 가지 목소리들.
그리고 가깝게는 암소가 매달고 있는 방울에서 울리는 가늘고
은빛나는 종소리, 목동의 채찍이 내는 메마른 소리, 무리에서
처음 떨어졌다 다시 무리로 돌아가는 무겁고도 부드러운 발굽
소리도 들렸다. 강 저쪽편 도로에서는 차들이 회전을 하며 짧
게 신호음을 냈고 마을의 저쪽 끝에 있는 클럽에서는 진짜 음
악이 흘러나왔다. 아주 아주 오래 된 왈츠가……

아레스뜨 뻬뜨로비치의 생각은 비찌까의 출현으로 끊어졌다.
한참 깊게 자고 난 비찌까는 아직 잠이 덜깬 몽롱하고 지친 채
로 어딘가에 부딪혀가면서 자동차 쪽으로 걸어왔다. 그리고는
버려져 있던 양철통을 집어들더니 웅덩이에서 물을 퍼 차 문짝
에다 끼었었다. 그리고는 걸레를 집어 들고 이제는 익숙해진
일을 시작하려고 할 때 위협적인 고함소리가 들렸다.

'너 그게 무슨 짓이야?'

현관에서 쉬끌로프 씨가 나타난 것이다.

"그냥 내버려 둬요!"

아레스뜨 뻬뜨로비치는 단호하게 잘라 말했다.

"그 아이는 지금 할 일을 하고 있는 거요. 어쩌면 당신과 내
가 함께하는 일보다 더 중요할지도 모르는 일이요!"

쉬끌로프는 당황해 하며 자신의 상사를 바라보았다. 그가 농
담을 하고 있는 것 같지는 않았다. 물론 화가 나 이렇게 말해야
했었다. '나는 당신 운전 기사가 아니예요. 왜 저한테 소리치는

거예요!' 하지만 쉬글로프는 그저 어깨를 움찔하고는 강 쪽으로 가버렸다. 그저 그말 중에서 '당신과 내가 함께'라는 말만 기분 좋게 기억했다.

아레스뜨 뻬뜨로비치는 벌써 자신이 지나쳤음에 대해 후회하고 있었다. 하지만 그렇게 불러일으킨 감정은 그에게 사고의 새로운 전환을 안겨다 주었다. 그는 처음으로 자신을 단순하지 않고 속 깊은 사람이라고 부를 수 있었고, 또 그가 이 사랑스러운 낯선 아이들과 함께 묶여 있음을 깨달았다.

아이들에게는 무엇보다도 격정적인 시간의 흐름이 느껴진다. 아이가 없는 아레스뜨 뻬뜨로비치는 나따샤의 신경질적인 매력과 섬세한 아름다움, 그리고 꼴까의 선량하고 사려 깊은 넓은 마음과 비찌까의 우스꽝스럽고 사랑스러운 몰두를 생생히 느낄 수 있었다. 그는 그들이, 숲으로 둘러싸인 이 작은 마을의 아이들이 이제 볼 수 없을 놀랍도록 새로운 세기의 주인이 될 것이라고 생각했다.

하지만 지금은 자신들의 미래의 높은 사명에 대해서는 조금도 생각지 않은 채 아이들은 이 세상만큼이나 오래 된 놀이 '돌차기'를 하고 있었다. 꼴까의 차례가 되었다. 그는 한쪽 다리로 서서는 신발 코끝으로 돌멩이를 차서 이 칸에서 저 칸으로 넘기고는 그 뒤를 따라 폴짝폴짝 뛰었다. 돌멩이는 성공적으로 마지막 칸까지 도달했고 거기서 꼴까는 잠시 쉬었다가 능숙하게 돌멩이를 앞으로 던지고는 그 뒤를 따라 뛰었다. 바로 그때 동생을 지켜보던 나따샤는 신경질적인 성급함을 드러내며 큰 소리로 외쳤다.

"아웃!"

"거짓말쟁이"

꼴까가 대들었다.

"무슨 아웃이야?"

"아니야 네가 선을 밟았잖아!"

그리고 나따샤는 두 손으로 동생의 가슴을 밀쳤다.

꼴까는 한쪽 다리로 서서 춤을 추며 간신히 균형을 잡고 있다가 갑자기 있는 힘껏 마지막 칸에 놓인 돌을 쳐냈다.

"이겼다!"

"속임수야!…… 넌 항상 속임수를 쓰잖아!……"

나따샤가 불만스럽게 소리쳤다.

"왜 애는 늘 속임수를 쓰는 걸까?"

그녀는 누구에게인지 모르게 혼자 중얼거렸다.

그녀는 갑자기 동생에게로 덤벼들어서는 그의 목덜미를 움켜잡고 넘어뜨리려고 하고 있었다. 꼴까는 다리를 넓게 벌리고 버티고 있었지만 곧 정말로 버틸 수가 없었는지 아니면 일부러 누나에게 져 주려고 했는지 땅 위로 쓰러지고 말았다.

"넌 이래도 싸!……"

나따샤는 심술을 부리고는 갑자기 어디가 아픈 듯한 소리를 지르며 멀찍이 뛰어갔다.

꼴까는 일어나서 셔츠를 툭툭 털어냈다.

"동그라미 그리게 이리 와!"

그는 사람 좋은 목소리로 누나를 불렀다.

"너 이제 안 그럴 거지?"

"그래 안 할게!"

꼴까는 벌써 나무토막으로 땅바닥에다 커다랗고 비뚤비뚤한 원을 그리고 있었다.

"만약 속임수를 쓰면!"

나따샤는 또다시 어떤 병적인 불평을 하면서 말했다.

'나따샤가 오늘은 정말 이상하게 노는군!' 아레스뜨 뻬뜨로비치는 생각했다. 그녀의 목소리 속에서 들리는 저 이해할 수 없고 아이답지 못한, 무의식적인 불평은 도대체 무엇일까? 사춘기인가? 그녀가 아직 인식하지 못하거나 인식할 수 없는 성장이나 사고의 성숙과 연관된 무엇 때문일까?……

아레스뜨 뻬뜨로비치는 복잡한 감정을 맛보았다. 변함없이 힘겨운 삶의 행복에서 오는 불안감, 우울함, 그리고 기쁨 같은 것. 그는 일어나 천천히 강 쪽으로 걷기 시작했다.

따뜻하고 부드러운 바람이 땅 위로 내려앉았다. 울타리와 건초더미, 잡초들로부터 낮 동안 쌓인 온기가 불어왔지만 강 쪽에서는 벌써 저녁의 한기가 내려왔다. 아레스뜨 뻬뜨로비치는 이 차가운 신선함 속으로 걸어 들어갔고 그의 귀에는 아직도 오랫동안 멀리서 들리는 나따샤의 불평 어린 목소리, 상처 입은 새의 절망에 찬 부드러운 비명소리가 들렸다.

나따샤는 지금 강하게, 그리고 매우 아프게 삶을 느꼈다. 이것은 낮에 느꼈던 이유없는 슬픔과는 달랐다. 그녀는 이리저리 뛰어다니고 데굴데굴 구르고 또 놀이에서 이기고 싶었지만 그녀 몸 속에서 어떤 서투름이 그녀를 방해했다. 이런 일은 꿈 속에서 가끔 있는 일이다. 날아오를 수도, 마술처럼 가볍고 빨라

질 수도 있을 것처럼 느껴지지만 무엇인가가 방해하고, 괴롭히고, 심지어 평소에 움직이던 대로의 능력마저 빼앗아 버린다. 잠시 후 그녀는 머리가 어질어질함을 느꼈고 날카롭고 뜨거운 통증이 배에 밀려왔다. 그녀는 몸을 구부렸다가 다시 몸을 쭉 펴고는 정신을 잃은 듯 집으로 간신히 걸어갔다. 꼴까가 그녀의 뒤를 따랐다.

"따라오지 마!"

나따샤가 날카롭게 소리쳤다.

그녀는 집으로 들어왔다. 아무 말도 하지 않은 채 어머니 곁을 지나 방으로 들어가서는 침대 위에 누웠다. 잠시 그녀는 무엇인가를 기다리는 듯했고, 그것이 다가왔을 때 나따샤는 그것이 죽음이라고 결론지었다. 이것이 바로 낮에는 그녀가 그렇게 우울했고, 저녁에는 괴로워하고 고통받았던 이유인 것이다. 그녀는 죽어가고 있고 삶은 집요하게 그녀의 육체에서 빠져나가고 있는 것이다.

"엄마!"

그녀는 절망적으로, 콧소리를 내며 맑게 소리쳤다. 그리고 어머니가 바로 불안감을 느끼며 방으로 달려들어 왔을 때 말했다.

"나 죽어요."

그리고는 울음을 터뜨렸다.

마리야 바씰리예브나는 처음에는 당황했지만 곧 미소를 띠었다.

"무슨 소리야, 이런 내 딸이 바보처럼……"

그녀는 말했다.

"이렇게 됐다고 죽어? 모든 아가씨들에게 있는 일이야……"

"그럼 내가 아가씨야?"

나따샤가 물었다.

"아가씨지."

어머니가 말했고 그리고 그녀는 곧 우울해졌다. 이렇게 갑자기 모든 일은 일어나는 것이다. 그녀는 아이들 사이에 구별을 두지 않는 것에 익숙했다. 그들은 모두 어렸고 모두들 아무 생각이 없는 아이들이었다. 그런데 지금은 전혀 아니다. 이제 나따샤는 달라진 것이다. 그녀가 나따샤에게 젖을 먹였던 일이 그리 오래전 일일까. 그런데 이제 벌써 아가씨라니. 이제 곧 제 짝을 찾아 떠날 테고……

그녀는 딸을 자신의 침대로 옮기고 조심스레 이불을 덮어 주고는 머리를 한번 쓰다듬은 후 비찌까를 찾으러 나갔다.

'아가씨' 나따샤는 조용히 속삭여 보았다. 그리고 그녀에게는 힘들고 유쾌하진 않았지만 그녀가 왜 아침에 행복감에 젖어 잠에서 깨어났는지 이해할 수 있을 것 같았다. 졸립고 피로에 지친 비찌까는 아직도 자동차 옆을 서성이고 있었지만 이미 일을 할 수는 없었다. 어머니는 그가 아직 어리다는 것을 그녀 스스로에게 증명하기 위해 일부러 그를 안고 방으로 데려와 옷을 벗기고는 이전에 나따샤가 누워 자던 자리에다 비찌까를 눕혔다.

'꼴까도 하무가 디르게 자라고 비찌까도 이제 어린 아이가 아닌데……' 마리야 바실리예브나는 생각했다. '정말 이런 게 삶이라는 것일까? 나는 아직 늙지 않았는데 집에는 벌써 어린

애가 없어지다니……'

그녀는 스쩨빤을 떠올리고는 슬픔을 느꼈다. 그 속에 그녀의 젊음과 시간에 대한 그녀의 권력이 있었다. 그리고 그녀는 현관에서 무슨 소리가 들리고 스쩨빤이 돌아온 것처럼 뭔가가 희끗 보이자 소스라치게 놀랐다. 그런데 그것은 아레스뜨 뻬뜨로비치와 쉬끌로프, 그리고 꼴까였다. 아레스뜨 뻬뜨로비치는 자주 '로케트'라는 단어를 반복하면서 꼴까에게 무엇인가를 설명하고 있었고, 꼴까는 스쩨빤을 닮은 하늘색 눈동자를 크게 열고는 그의 말을 듣고 있었다. 그들은 모두 방으로 들어갔다. 그리고 곧 스쩨빤도 돌아왔다. 마리야 바씰리예브나는 부엌에서 그를 기다렸다.

"저기 있잖아요 스쩨빤. 오늘 우리 집에는 이동이 있을 거예요."

그리고 그녀는 나따샤에 대해 이야기했다.

"아—아!"

스쩨빤은 천천히 대답하고는 조금 어색하게 아내를 바라보았다.

"우리가 늙어가는 거죠."

마리야 바씰리예브나가 말했다.

"그렇지 뭐!"

그리고 스쩨빤은 그녀의 팔꿈치를 살짝 만졌다. 그 손길에서 그녀는 안타까움, 부드러움 그리고 사랑을 느꼈다.

"나도 오늘은 난로 위에서 자야겠어요."

조용히 속삭이듯이 마리야 바씰리예브나가 말했다.

안 그러면 나따샤가 좁을 거예요.

"아하."

스쩨빤도 속삭임으로 대답했다.

"그리고 참 있잖소."

그는 고개를 숙이고 덧붙였다.

"이제 우리는 부자요……"

그는 어색하게 웃기 시작했다.

"무슨 얘기……요?"

"내가 기관사가 됐소."

아내를 바라보지 않은 채 스쩨빤이 대답했다.

"오늘 통지서를 받았소…… 그러니까 노동절 축제 선물 같은 거지……"

"잠깐!"

마리야 바씰리예브나의 붉으스름하고 거무스름한 얼굴이 창백해 보이기까지 했다.

"내가 당신 볼에 입맞춰 줄께요!……"

부엌에서 이런 대화가 오갈 때 꼴까 역시 자지 않고 있었다. 그는 나따샤가 왜 엄마 옆에서 자려고 자리를 옮겨갔는지에 대해 괴롭도록 골똘히 생각하고 있었다. 그녀에게는 그와 함께가 가장 편할 것이다. 어머니는 자리를 많이 차지하고 잤고 그녀 옆에서 비찌까는 겨우 자리를 잡고 잤다. 그 반면 그, 꼴까는 자리를 조금 차지했다. 벽 쪽에 딱 붙어서 가락지처럼 몸을 웅크리고 잤던 것이다. 그리고 만약 그가 나따샤보다 먼저 잠들면 그녀는 작은 풀로 그를 간지럽혔고 이불을 몽땅 가져가 버려 그가 맨발을 버둥거리는 것을 지켜보며 소리 죽여 웃곤 했었다. 그리고 그들은 또 자주 서로에게 무서운 유령 이야기들을 들려 주곤 했었다. 도대체 무엇이 그녀를 떠나게 했을까? 꼴까는 오늘 낮에 있었던 사건들을 하나하나 되짚어 보았고 마침내 결정 했다. 나따샤는 그가 채석장에서 발견한 수집품들을 그녀에게 선물하는 것을 거부한 데 대해 그를 용서하지 않은 것이다.

꼴까는 괴롭게 긴 한숨을 내쉬었다. 그는 얼마나 많은 희망 을 이 그릇 조각들과 금속 장식들, 그리고 동전들에다 걸었던 가! 하지만 할 수 없는 일이었다. 누이와의 우정이 더 가치 있 는 것이었다. 그는 비찌까를 기어 넘어가 조용히 바닥으로 내 려와서는 상자를 꺼내 나따샤의 구석자리에다 두었다. 누나는 아침에 잠에서 깨어나서는 그것을 볼 테고 그러면 그들 사이엔 모든 일이 옛날처럼 돌아갈 것이다. 꼴까는 마음이 가벼워졌 다. 그는 동생의 이불을 바로 덮어 주고 몸을 동그랗게 말아서 는 벽 쪽으로 돌아 누웠다. 그는 부엌의 스위치 꺼지는 소리와 어머니가 잠자리에 들면서 내는 소리를 들었다. 그리고는 이제 아무 소리도 듣지 못했다.

시간은 자정으로 가까워지고 있었다. 한 가족이 잠들어 있다.

작품 해설

유리 마르꼬비치 나기빈은 1920년 4월 3일 모스크바에서 출생했다. 그는 국립 영화학교에서 수학했으며 많은 시나리오와 중·단편을 썼다. 그의 작품들은 인간의 심리적인 문제에 대한 예리한 분석이 특징적이며 그에게는 인간의 내부를 꿰뚫어 보는 남다른 눈이 있다.

나기빈은 장편소설을 쓰지 않았다. 그의 유일한 장편이 『빠블릭』이라는 작품인데 이것에 대해서는 스스로도 이 작품이 자신을 위축시켰다고 털어 놓았다. 산문가로서 그는 분량이 적은 장르에서 일하는 것을 선호했으며 그의 작품들은 대부분 10~20페이지 분량이었고 50페이지를 넘는 작품도 드물었다. 나기빈이 이러한 창작경향을 보이는 것은 그가 함축적이고 간결한 서술의 재능을 지니고 있기 때문일 것이다.

나기빈의 작가로서의 명성은 대부분 소설에 근간하는 것이지만 그는 그외에도 에세이, 여행기, 그의 소설에 토대를 둔 30여편의 시나리오 등을 썼다. 그의 처녀작인 소설 『이중의 실수』는 그의 영화학교 재학시절인 1940년 유명한 잡지인 『아가뇩』에 개재되었다. 그리고 세계 제2차대전이 발발하자 그는 전쟁에 참전했고 전쟁이 끝난 후 나기빈은 '사회주의 농업' 이라는 신문의 특파원으로 일하면서 작품활동을 계속했다.

50년대 중반 그는 「겨울 참나무」, 「까마로프」 같은 대중들의 인기를 모은 작품들을 통해 작가로서의 명성을 굳히게 되었고, 1954년에서 1964년 사이에 그는 「거대한 호수」, 「새로운 집」, 「오리들이 제 철을 만났을 때」 같은 인련의 사냥과 낚시에 관한 작품들을 발표했다. 이 시기에 나기빈은 그 자신의 인생경험으로부터 작품의 모든 소재를 끌어내었다. 그의 작품은 그가 관찰자 혹은 최소한의 참여자로 개입한 실제적인 상황을 재창조해낸 것들이었다. 그러한 작품들 속에서 나기빈은 다른 것은 제쳐두고라도 강렬한 존재감, 풍부한 텍스트의 의미성을 이끌어낼 수 있었다. 하지만 상상력의 부족이 그를 괴롭혀 왔고 그는 마침내 1960년에 「메아리」라는 작품을 통해 메아리를 모으는 한 소녀를 묘사하는 것으로 그의 상상력의 고삐를 풀 수 있었다. 이 작품의 예기치 않은 성공(이 작품은 러시아 독자들에게 「겨울 참나무」 다음으로 인기를 끌었다)은 나기빈에게 자신의 상상의 세계에 대한 더욱 대담한 탐험으로 이끄는 자신감을 심어 주었고, 1970년대에 발표된 「다른 사람의 마음」 같은 그의 몇몇 작품들은 그의 실제사건에 대한 의존도가 줄었음을 증명하고 있다.

그의 단편들은 모두 삶에 대한 깊이 있는 통찰에 의한 소재의 설정, 표현되는 에피소드들의 엄격한 상호연관성, 간결한 구조, 깊이 있는 주제성을 특징으로 한다. 그리고 그의 문체적 특징은 사실적 묘사의 정확성과 주변세계의 묘사에 대한 손에 잡힐 것 같은 형상성인데 그의 이러한 문체적 특징은 등장인물의 성격이나 벌어지는 사건에 대한 간접적 리얼리티를 전해 준다.

이번 단편집에 소개된 단편들에서 그는 깊은 심리적 관찰과 함께 인간의 내부세계와 그의 사회적, 도덕적 이상의 형성과정을 밀도있게 파헤치고 있다. 그 대표적 작품이 「축제 전날」로 이 작품 속에서는 주인공 소녀가 일상적으로 겪게 되는 혼란 속에서 어렴풋이나마 자신의 정체성을 잡아가는 과정을 러시아의 토속적인 정서와 함께 친밀하고 밀도있게 그려나가고 있다.

작품 「겨울 참나무」와 「메아리」는 작가의 참신한 소재 설정과 뛰어난 구성력이 크게 돋보이는 작품으로 이 작품 속의 두 주인공은 각기 자신들만의 다른 세계를 지니고 있는 사람으로 대별된다. 그러나 이 두 주인공은 자신들만의 세계를 타인과 공유하는 것에 주저하지 않는다. 나기빈의 이런 주인공들은 삶 속에서 아름다움을 발견할 줄 알고 또 그것을 타인에게 나누어 줌으로써 독자들은 이 작품의 또 다른 등장인물이 되어 그들의 세계를 공유하고 삶의 아름다운 이면을 느껴볼 수 있는 것이다.

유리 마르꼬비치 나기빈은 엄선해서 쓴 단어들로 이루어진 간결한 서술, 화려한 은유와 비교, 텍스트의 독특한 운율적 조직성 등의 많은 외부적인 문체적 특징들을 지니고 있다. 그러나 이러한 장점들 외에 진정으로 나기빈의 매력을 느끼게 하는 부분은 그의 진실된 예술가적 시각, 삶에 대한 부드러운 아이러니, 인간에 대한 끊임없는 애정 어린 통찰이다.

1980년 4월 그의 60번째 생일을 기념하여 러시아에서는 그의 작품 전집이 출간되었고, 러시아 문학사에서 재능있는 단편작가의 한 사람으로서 그가 차지하고 있는 위치는 공고하다. 나기빈은 안타깝게도 3년 전 세상을 떠났지만 그가 남긴 수많은 작품들은 비단 러시아 뿐만 아니라 세계 여러 나라에 번역 소개되었고, 세계 독자들의 가슴 속에 남아 잔잔한 감동과 함께 깊은 삶의 의미를 전해 주고 있다.

한국 독자들의 〈유리 나기빈〉과의 첫 만남에 부쳐

유리 나기빈이라는 작가는 그의 문학적 재능이나 러시아 문학사에서 그가 점하는 위치에 비해 국내에 널리 알려진 작가는 아니다. 그러나 그의 작품 세계가 지니는 독특한 맛과 우수한 작품성은 이미 문학도들 사이에서 높이 평가되고 있다. 따라서 그의 작품들이 국내에서 번역, 출간되는 것은 단순히 국내에 잘 알려지지 않은 러시아 현대작가를 소개하는 것 이상으로 매우 의미있는 작업이라 할 수 있다.

유리 나기빈은 문학을 바라보는 태도나 문학을 통해 그가 전달하고자 하는 메시지의 측면에서 볼 때, 러시아 문학 전통의 맥을 잇고 있지만, 그의 작품이 지니는 희극적인 요소는 그가 좋아하는 소설가들, 고골, 도스또옙스끼, 체홉 등으로 이어지는 유구한 러시아적 전통에 위배된다. 그러나 다른 대부분의 측면에서 나기빈은 일부 혁신가들에게 어필하는 실험적인 기법을 피하려는 러시아 문장의 전통적인 맥을 잇고 있기도 하다.

나기빈의 작품은 작가 스스로가 범주화한 몇 개의 주제로 수렴되는 경향을 보인다. 전쟁, 어린이들, 스포츠, 사냥과 낚시, 전원 생활, 예술, 이국 생활, 사랑, 그리고 역사적인 인물. 나기빈은 이러한 범주들 속에서 주로 자신이 직접 경험한 소재들을 중심으로 이야기를 섬세하고 사실적으로 풀어 가 그 이야기 속에서 일정한 철학적, 도덕적 주제를 창출해 낸다.

작품 속에서 그가 가지는 관심의 영역의 폭도 매우 넓어 동시대의 러시아 문장가 가운데 묘사하는 등장 인물의 다양성의 측면에서 나기빈에 비견할 만한 사람은 거의 없다고 볼 수 있다. 그의 작품 속에 등장하는 인물들의 폭은 성별이나 연령에 구애받지 않음은 물론이고, 군인, 엔지니어, 배우에 이르기까지 모든 직업층을 포괄한다.

그중 이 단편집에서 주로 다루고 있는 인물인 아이들은 생활에 지나치게 얽매여 있어 어른들이 직면하기 어려운 인생의 보물에 매력적으로 반응하는 것으로 그려진다. 나기빈의 아이들은 똘스또이 작품 속에서의 아이들과 마찬가지로 인생에서 본질적인 것을 직관적으로 감지하고 있기 때문에 종종 어른들에게 정신적인 재탄생이나 각성을 전해 주는 매체로서, 어른의 잠재적 스승으로 그려진다.

그러나 나기빈은 아이들에게 서정적인 정열만을 바치지는 않는다. 예를 들어 「메아리」 같은 작품 속에서는 아이들 세계에서도 관습적으로 존재하는 '악이나 나약함'의 단면을 보여 준다. 집단주의, 질투, 불의, 무감각 같은 성인 세계와 연결되는 그들의 부족함을 냉정하게 보여 주는 것이다.

이렇게 나기빈은 아이들의 시선을 통해 인생을 이야기하고 삶의 아름다움을 느끼게 해 줌과 동시에 삶에 대한 성찰, 사색이라는 과제를 독자들에게 던져 준다. 어른들과는 다른 방식으로 세상을 느끼는 아이들이 이야기를 이끌어 가는 나기빈의 이 작품들은 그의 작품 세계에서도 중요한 위치를 차지하는 것들로 독자들은 이 역서를 통해 현대 러시아 작가들 중 최고의 단편소설 작가로 손꼽히는 유리 나기빈과의 만족스런 첫 만남을 이룰 수 있을 것이다.

연세대학교 노어노문학과 교수

조 주 관

옮긴이의 말

　처음으로 나기빈의 작품을 대한 것은 94년초 유학길에 접어
든 지 얼마 지나지 않아서의 일이었다. 많은 어려움 속에 러시
아에 익숙해지려고 애쓰고 있을 무렵 우연히 학교 과제로 나기
빈의 단편을 읽게 되었고, 그때의 그 느낌은 지치고 힘들었던
당시의 내게 잊고 지내던 그 무엇인가를 일깨워 주듯 신선한
충격과 더불어 오래간만에 가슴이 먹먹해 오는 진한 감동을 안
겨 주었다.

　나기빈은 노문학도인 내게도 그리 익숙하지 않았던 만큼 국
내에는 소개되어 있지 않은 현대 러시아 작가이다. 그러나 나
기빈의 작품이 가지고 있는 간결성, 함축성, 그리고 삶에 대한
깊은 통찰력은 그의 작품을 한번 읽어 본 독자라면 누구라도
그의 매력에 빠져들지 않을 수 없게 만든다.

　나기빈은 자신의 일기에서 다음과 같이 밝혔다.

　"나는 예술이라는 것은 어떤 다른 목적을 위한 것이 아니라
그 자체로서 의미가 있는 것으로, 자유로운 내적 힘의 발현이며
인생과는 아무런 연관도 없고 인생에 대한 어떤 책임도 없다고
주장하는 예술가나 작가, 시인들에 대해 반박하고 싶지는 않다.
하지만 예술지상주의자 중 한 사람인 보들레르가 문학은 결국

작가의 의도와는 상관없이 어떤 다른 목적을 위해 필요하고 그 목적에 봉사하게 된다고 했던 말을 잠시도 잊을 수 없다……. 내가 인생에서 가장 소중하게 여기는 것은 문학이지만 이것은 나 자신의 저술을 의미하는 것이 아니라 독서를 의미하는 것으로 나는 문학을 결코 무의미한 지저귐이나 유희로 간주하지 않는다. 예술은 예술 자체를 위한 것이 아니라 인간과 세계, 삶, 그리고 다른 인간들과의 연결 고리 역할을 하는 것이다."

이처럼 나기빈은 깔끔하고 간결한 글 속에서 많은 의미를 담아 내기 위해 단편을 위한 에피소드와 소재들의 설정에 있어서도 삶의 교연성을 염두해 둠으로써 그의 예술적 서술의 논리는 일정한 도덕적 방향성을 띠는 경우가 많으며 작품의 말미에서는 거의 대부분 독자들로 하여금 깊은 사색에 빠져들도록 유혹한다.

특히 이번 단편집에 실린 나기빈의 글들은 모두 소년, 소녀들이 주인공으로 등장하는 작품들로 우리들의 어린 주인공들이 어른으로 성장해 가는 과정 속에서 접하는 희망, 절망, 사랑의 열병들을 작가 특유의 예리한 시각으로 포착하여 그들만의 세계를 전혀 새로운 느낌으로 독자들에게 전달해 주고 있다.

자신을 지독한 못난이라고 여기며 이산 저산에서 메아리를 모으는 소녀, 눈 덮인 숲 속에 우뚝 선 겨울 참나무에 마음을 빼앗겨 버린 소년, 멜로 영화 속의 멋있는 주인공 아우렐리오를 보고 자신의 아우렐리오를 찾아 나선 말괄량이 소녀, 이 모두는 독특하고 참신한 설정 속에서 다시 만날 수 있는 바로 우리 자신들의 유년의 모습이기도 하며, 현대를 살아가는 우리들에게 삶에 대해 다시 한번 생각해 볼 수 있는 기회를 제공해 줄 것이다.

번역의 과정에서 섬세한 러시아적 정서를 담아 내기가 힘겨웠음을 고백한다. 번역을 하면 할수록 느끼게 되는 이 맥빠짐을 나기빈의 삶에 대한 애정 어린, 깊이 있는 사고가 대신 메꾸어 주길 바란다.

끝으로 소담출판사 여러분들과 보잘것없는 역서의 추천사를 기꺼이 맡아 주신 연세대학교 노어노문학과 조주관 선생님, 그리고 번역이 진행되는 동안 여러 가지로 많은 도움을 주신 을수 씨께 깊은 감사의 뜻을 전한다.

류 필 하